La Première Dame Sans Masque

Marc Rey

La Première Dame Sans Masque

© 2025 **Marc Rey**

Édition : BoD · Books on Demand,

31 avenue Saint-Rémy, 57600 Forbach, bod@bod.fr

Impression : Libri Plureos GmbH,

Friedensallee 273, 22763 Hamburg (Allemagne)

ISBN : 978-2-3225-7163-5

Dépôt légal : Avril 2025

Prologue

Paris. 5h43.

La ville dort encore, mais dans les rues, quelque chose a changé. Un silence pesant, presque irréel, s'est abattu sur la capitale. Comme si les pierres elles-mêmes retenaient leur souffle. Au sommet d'une tour du XVe arrondissement, Léa Moreau observe les lumières encore allumées de l'Élysée. Même à cette heure, le palais ne dort jamais.

Elle serre dans sa main une clé USB. Toute sa vie semble contenue dans cet objet minuscule. Des noms, des visages, des preuves. Des vérités qu'on a voulu enfouir sous des tonnes de secrets d'État. Tout est là. L'Opération Phénix, Élisabeth Marceau, les agents dormants, les complicités politiques.

Et maintenant ?

Léa n'a plus peur. Elle a dépassé la peur depuis longtemps. Ce qu'elle ressent ce matin, c'est autre chose : une forme de calme glacé. Le calme des tempêtes qui s'apprêtent à frapper.

Derrière elle, la porte de la pièce s'ouvre doucement. Pierre Dumas entre sans un mot. Il a vieilli de dix ans en quelques semaines. Son regard croise celui de Léa, grave.

— Ils savent que tu vas parler, dit-il.

Elle hoche la tête.

— Ils n'ont plus le choix. Et moi non plus.

Pierre lui tend un gilet pare-balles.

— Ce n'est pas une conférence de presse. C'est une déclaration de guerre.

Elle l'enfile, machinalement. Ses gestes sont précis, déterminés. Elle est prête.

En bas, la voiture l'attend. Les caméras sont installées. Des millions de Français, et bien d'autres dans le monde, regarderont. Certains l'applaudiront. D'autres la condamneront. Mais tous entendront.

Alors qu'elle descend les marches, Léa repense à Claire Dubois. À Élisabeth Marceau. À toutes les vies volées, transformées, manipulées. Elle ne le fait pas pour elle. Elle le fait pour elles.

Aujourd'hui, le masque tombera une bonne fois pour toutes.

Et la France ne sera plus jamais la même.

Chapitre 1 : L'Aube du Chaos

L'Élysée n'avait jamais semblé aussi fragile.

Sous les dorures d'un pouvoir vieux de plusieurs siècles, les murs du palais présidentiel vibraient d'une tension sourde. Des gardes républicains postés à chaque couloir, une cellule de crise qui ne dormait plus depuis trois jours, et au centre de tout cela, **Julien Marceau**, président de la République française, l'homme que tout un pays avait adulé... puis commencé à craindre.

Il était 6h12. L'aube perçait à peine derrière les rideaux tirés du bureau présidentiel. Julien, assis dans son fauteuil en cuir fauve, le dos légèrement voûté, contemplait le rapport que lui avait apporté son chef de cabinet à l'aube. Il avait lu les mots dix fois déjà. Mais ils n'étaient toujours pas plus supportables.

« 68 % des Français demandent votre démission immédiate. »
« Manifestations spontanées dans 17 villes, dont Lyon, Marseille, Nantes, Toulouse, Strasbourg... »
« L'armée surveille les dépôts stratégiques sur ordre du Premier ministre. »
« La commission parlementaire sur l'Opération Phénix exige la comparution de la Première Dame. »

Et enfin, cette phrase, en gras, soulignée à l'encre noire :

« *Si la Première Dame est mise en examen, votre légitimité présidentielle sera automatiquement remise en cause.* »

Julien laissa tomber le dossier sur le bureau. Il posa ses coudes sur le bois massif et se prit la tête entre les mains. Son regard était perdu, embué, presque vide. Trois mois auparavant, il surfait sur une vague de popularité historique. Aujourd'hui, il survivait, au bord du gouffre.

— Monsieur le Président ? fit une voix hésitante.

C'était **Capucine Lemaitre**, sa directrice de communication, jeune, brillante, habituellement assurée. Mais aujourd'hui, elle avait les traits tirés. Elle tendait un téléphone, la main tremblante.

— BFM, LCI, France Info, CNN, Al Jazeera… Ils attendent tous une réaction. Ils veulent savoir si… si vous confirmez l'existence de l'Opération Phénix. Et si… si vous étiez au courant.

Julien ferma les yeux.

Était-il au courant ? Non, pas au départ. Il n'avait pas su. Il n'avait pas voulu savoir. Et puis, un jour, il avait vu le regard d'Élisabeth. Il avait compris. Mais il avait choisi le silence. Par amour. Par lâcheté. Par instinct de survie.

— Dites-leur que je prendrai la parole à vingt heures. Ce soir.

Capucine hocha la tête, recula lentement, puis sortit. La porte se referma avec un déclic sourd.

Julien se leva, fit quelques pas dans la pièce. Il regarda la pendule dorée posée sur la cheminée. Le tic-tac régulier l'irrita soudain. Tout était trop calme. Trop contenu. Trop digne. Et pourtant, dehors, **le pays flambait**.

Des images défilaient en direct sur les écrans de contrôle du service presse. À Marseille, des manifestants brandissaient des pancartes "PHÉNIX = TRAHISON". À Lille, des étudiants avaient envahi la mairie. À Paris, les boulevards étaient bloqués par des cortèges silencieux, drapeaux tricolores baissés, visages fermés.

Ce n'était pas une colère habituelle. C'était une **déception glaciale**, une désillusion qui consumait lentement les fondations républicaines.

Julien se détourna et alla vers la fenêtre. En bas, sur la place Beauvau, des fourgons de CRS attendaient, moteurs allumés. Il savait ce que cela signifiait. La peur. La peur de la révolte. La peur du soulèvement.

Il inspira profondément, puis sortit son téléphone. Il composa un numéro qu'il n'avait pas appelé depuis des semaines.

— Élisabeth, dit-il simplement lorsque la voix décrocha. Où es-tu ?

Un silence.

Puis sa voix. Froide. Lointaine.

— Là où tu m'as laissée, Julien.

— Tu ne peux pas disparaître comme ça. Le pays s'écroule. Ils veulent ta tête.

— Et la tienne aussi.

— Il faut que tu parles.

— Non. Il faut que toi, tu parles. Que tu choisisses ton camp. La vérité, ou le pouvoir.

Un claquement sec. Elle avait raccroché.

Julien resta un moment immobile, le téléphone toujours contre son oreille, comme s'il pouvait encore entendre sa voix.

Puis il murmura, pour lui-même :

— L'aube du chaos...

Au même moment, à l'autre bout de la ville, **Léa Moreau** ajustait son micro. La journaliste, figure centrale de l'affaire, s'apprêtait à accorder une interview exclusive à une grande chaîne internationale. Dans son sac, elle transportait des preuves encore inédites, des enregistrements et des documents qui pouvaient renverser définitivement la République.

Les rues de Paris bruissaient d'un seul mot : **vérité**.

Mais au sommet du pouvoir, ce mot faisait trembler les murs.

Chapitre 2 : Fuite et Menaces

Le souffle court, les pieds ruisselants d'eau glacée, **Léa Moreau** courait à travers les ruelles sombres du 12ᵉ arrondissement. Paris n'était plus une ville-lumière. C'était un piège, une toile tissée de regards, de micros, de menaces silencieuses.
Elle venait d'échapper à la mort – encore.

Tout avait commencé trois heures plus tôt.

Elle était sortie par la porte de service d'un studio de télévision, après une émission enregistrée à huis clos. Un échange musclé, tendu, sur les dessous de l'Opération Phénix. Rien de publié encore, mais déjà, l'information avait fuité. Son nom était sur toutes les lèvres. Certains l'appelaient "la nouvelle Zola", d'autres "une terroriste médiatique". Mais dans l'ombre, certains ne parlaient pas. Ils agissaient.

Léa avait à peine marché cinquante mètres quand elle entendit le cliquetis sourd. Un déclic métallique. Instinctivement, elle recula d'un pas. Une demi-seconde plus tard, la voiture stationnée à côté d'elle explosa.

Le souffle la projeta contre un mur. Ses oreilles sifflèrent. Sa vision se brouilla. Et dans ce tumulte rouge et noir, elle comprit : **ils ne se contenteraient plus de la surveiller. Ils voulaient la faire taire. Définitivement.**

Elle avait couru sans s'arrêter, changé trois fois de rues, une fois de veste, et avait laissé son téléphone dans une bouche d'égout.

À présent, elle se trouvait là, dans un ancien entrepôt désaffecté transformé en bunker numérique par un petit collectif de hackers activistes : **« Les Veilleurs »**. Des ombres agiles, loyales à une seule cause — la transparence.

— T'as encore failli y passer, souffla **Sami**, un ancien ingénieur en cybersécurité devenu lanceur d'alerte, en lui tendant une tasse de café tiède.

Léa le remercia d'un regard. Ses mains tremblaient. La tasse faillit glisser.

— C'était qui ? demanda-t-il.

— Pas des amateurs. L'exécution était chirurgicale. Pas un message, pas une revendication. Juste... l'élimination.

Sami hocha la tête. Il pianota sur son clavier. Trois écrans s'allumèrent. Un plan de Paris. Une carte thermique des réseaux télécoms. Des alertes géolocalisées.

— T'as déclenché un scan de niveau 5. Ils te cherchent partout. On a intercepté des requêtes de triangulation venant du ministère de l'Intérieur. Et un ordre de surveillance active signé... par quelqu'un de la cellule Phénix.

Léa se redressa.

— Ils sont toujours actifs, alors ?

— Oui. Et plus agressifs que jamais. L'un d'eux a été exfiltré à Bruxelles la semaine dernière. L'autre a disparu à Madrid. Ce que t'as publié, c'est la partie visible. Eux, ils ont activé ce qu'ils appellent « l'option cendre ». Faire disparaître toutes les traces. Et ceux qui les détiennent.

Elle inspira profondément.

— J'ai encore plus d'informations. On m'a laissé un paquet à l'hôtel ce matin. Pas de signature. Juste ça.

Elle sortit de son sac une enveloppe épaisse, froissée, trempée par la pluie. À l'intérieur, des copies de dossiers confidentiels estampillés

DGSI, des rapports de profilage psychologique, des synthèses d'opérations de terrain.

Au centre de tout : **Élisabeth Marceau. Alias Claire Dubois. Sujet Alpha du programme Phénix.**

Sami parcourut les documents à toute vitesse. Puis, il s'arrêta net sur une page.

— Regarde ça, murmura-t-il.

Il tourna l'écran vers elle. Un nom. Un visage. **Le Général Augustin Béraud.** Officiellement à la retraite. Officieusement, le coordinateur fantôme de l'Opération Phénix.

— Il est vivant, dit Léa.

— Et actif, confirma Sami. On a repéré des virements transitant par une société-écran basée à Chypre. Cette société finance des mercenaires liés à des opérations de déstabilisation en Afrique de l'Ouest. Devine quel nom apparaît sur l'un des protocoles internes ?

— Claire Dubois...

— En effet.

Léa se leva. L'adrénaline pulsait à nouveau dans ses veines. L'attaque n'avait pas suffi à l'effrayer. Elle était plus déterminée que jamais. Plus elle approchait du cœur du secret, plus elle comprenait : **Phénix n'était pas seulement un scandale français. C'était un programme international.**

— Il faut aller plus loin, dit-elle. Je veux parler au Général Béraud.

Sami la fixa, interloqué.

— Il est introuvable.

— Alors on va le trouver.

Dehors, la pluie recommençait à tomber sur Paris. L'orage menaçait encore. Mais dans les sous-sols de cette ville en surchauffe, Léa préparait son prochain coup.

Car une chose était certaine : ils pouvaient la traquer, la salir, tenter de la tuer.
Mais tant qu'elle respirait, **elle parlerait**.

Et cette fois, elle allait faire tomber non pas une femme, mais tout un système.

Chapitre 3 : L'Alliance des Ombres

La pièce était plongée dans la pénombre. À peine éclairée par une ampoule suspendue au plafond, elle ressemblait plus à une cave de résistants de la Seconde Guerre mondiale qu'à une salle de réunion du XXIe siècle. Et pourtant, c'était ici, entre ces murs de béton froid, que se jouait l'un des actes les plus cruciaux de l'histoire contemporaine de la France.

Pierre Dumas observa les visages autour de lui. Tous étaient tendus, fatigués, méfiants. Il y avait là une ancienne juge antiterroriste radiée pour insubordination, un ex-député centriste devenu paria après avoir dénoncé les dérives de l'exécutif, une capitaine de gendarmerie suspendue après une fuite d'archives, et un hacker de génie connu sous le pseudonyme de *Scarabée*, masque noir toujours vissé sur le visage.

Personne ne se faisait confiance. Pas encore. Mais tous savaient que le moment était venu de choisir un camp. Et que rester passif équivalait à trahir.

Pierre se leva. Il parlait peu depuis des semaines, préférant agir dans l'ombre. Mais ce soir, il était temps de fédérer.

— Vous avez tous vu ce qui se passe, dit-il d'une voix calme. Ce n'est plus un scandale. C'est une purge. Le système se défend, avec la violence d'un animal blessé.

Il marqua une pause. Personne ne l'interrompit.

— Léa Moreau a échappé à un attentat hier soir. Elle est en sécurité, pour l'instant. Mais ils ne s'arrêteront pas. Ils veulent effacer tout ce qui menace leur vérité officielle. Et ils ont commencé à le faire. Des témoins ont disparu. Des journalistes indépendants sont intimidés, ou achetés. Et au sein même de l'armée, des factions prennent position.

— On le savait, murmura la capitaine de gendarmerie. On l'a toujours su. Mais aujourd'hui, c'est à découvert.

Scarabée pianota sur sa tablette. Un hologramme s'afficha au centre de la pièce, projetant une carte de France. Des points rouges clignotaient dans plusieurs régions.

— Ces signaux, expliqua-t-il, ce sont des canaux cryptés utilisés par des agents Phénix encore actifs. On les pensait démantelés. Mais ces dernières 48 heures, leur activité a triplé. Ils préparent quelque chose. Une contre-attaque, ou pire, une opération de diversion.

L'ex-député leva les yeux.

— Et vous voulez faire quoi ? Une contre-opération ? Sans ressources ? Sans couverture ? On va tous finir en prison. Ou morts.

— Non, répondit Pierre. On va les exposer. Tous. Nom par nom. Opération par opération. Dossier par dossier.

Il sortit de sa sacoche une clé noire, scellée dans une coque métallique.

— Ceci, c'est une copie de ce que Léa m'a transmis. Les identités de plus de 200 agents dormants. Leurs missions. Leurs affiliations. Certains sont encore dans la haute fonction publique. D'autres dans la presse, l'armée, la finance. C'est un nid de vipères. Et il est temps d'y mettre le feu.

Un silence glacé tomba dans la pièce.

— Vous comprenez ce que ça implique, reprit la juge. Si on les expose, on attaque les fondements de la République. Ce n'est pas un scandale de plus. C'est la délégitimation totale de l'État.

— L'État est déjà illégitime, trancha Pierre. Le vrai pouvoir est entre leurs mains. Nous, nous ne faisons que rétablir l'ordre naturel : celui du peuple.

La capitaine acquiesça.

— Alors on fonce. Mais pas comme des têtes brûlées. On crée un réseau. Un vrai. Discret. Mobile. Invisible.

Scarabée releva les yeux, une étincelle dans le regard.

— Je peux créer un système de communication chiffré. Imbattable. Basé sur des serveurs décentralisés, dissimulés dans le dark web. Chaque membre aura une identité numérique propre. Impossible à remonter.

— On aura besoin de relais dans la presse, ajouta le député. Pas les médias aux ordres. Des sites indépendants. Des journalistes intègres. Il en reste.

— On aura besoin de cash, compléta la juge. Pour la logistique. Pour la protection. Pour les fuites, si nécessaire.

Pierre fit signe qu'il avait prévu tout cela.

— J'ai contacté d'anciens partenaires à Genève. Et des soutiens inattendus au sein même de certains ministères. Des gens écœurés. Prêts à nous aider. Discrètement.

— Comment on s'appelle ? demanda soudain la capitaine.

Un silence. Puis Pierre répondit, sans hésiter :

— **L'Alliance des Ombres.**

Le nom resta suspendu dans l'air.

— Notre but n'est pas de faire tomber un homme, ajouta-t-il. Ni même un gouvernement. Mais un système. Une machine de contrôle qui manipule depuis trop longtemps.

La juge hocha la tête. Scarabée valida le nom d'un clic. La capitaine dégaina un carnet. Le député soupira, puis tendit la main.

— Alors allons-y. Avant qu'ils ne nous effacent, un par un.

Pierre serra sa main. Puis celles des autres. Ce soir, ils étaient cinq.

Mais ils savaient qu'ils seraient bientôt bien plus.

Et que dans l'ombre, **la résistance venait de renaître**.

Chapitre 4 : Révélations dans l'Ombre

Léa s'était assoupie sur la banquette d'un vieux train de nuit reliant Paris à Genève, dans un wagon presque vide, son sac serré contre elle comme une armure. Depuis l'attentat manqué, elle changeait de plan toutes les douze heures, sans prévenir personne. Seuls Sami et deux membres du collectif des Veilleurs connaissaient sa dernière position. Et même eux n'avaient pas le droit de l'appeler.

Elle avait reçu le message codé la veille au soir, via un canal anonyme sécurisé : « **04h15. Quai 2B. Genève-Cornavin. Un messager vous attendra. Mot de passe :** *Orchidée Noire* »

Léa n'avait pas hésité. Elle savait reconnaître un signal authentique. L'auteur du message avait utilisé un code de chiffrage obsolète, mais connu des anciens du renseignement. Un détail presque imperceptible, mais suffisant pour lui faire comprendre qu'elle avait affaire à un professionnel… peut-être même à **un ancien membre de Phénix**.

Le train freina en grinçant. 04h12.

Elle se leva, rabattit sa capuche, et descendit sans un bruit sur le quai désert, éclairé par une lumière blanche presque clinique. Un agent de sécurité bâilla sans la voir, un train de marchandises passa lentement sur la voie d'en face. L'heure était idéale : entre la fatigue de la nuit et les automatismes du réveil, personne ne prêtait attention à rien.

Il était là.

Grand, trench noir, mains croisées derrière le dos, appuyé contre un pilier de béton. Il ne portait aucun signe distinctif, mais Léa sut que c'était lui. Son regard était fixe, froid, mais il y avait une urgence dans ses yeux. Il ne portait pas un message. Il **était** le message.

— *Orchidée noire*, dit-elle à voix basse.

Il inclina légèrement la tête, comme un salut.

— Suivez-moi.

Ils ne parlèrent pas durant les trois minutes suivantes. Il la guida vers un parking souterrain désert. Là, à l'abri de tout regard, il ouvrit la porte d'un break gris et l'invita à monter.

À l'intérieur, il sortit un petit boîtier métallique qu'il posa entre eux.

— Brouilleur. Aucun signal ne passe ici. On peut parler.

Léa le fixa sans rien dire. Elle n'avait pas peur. Plus maintenant. Mais elle voulait comprendre à qui elle avait affaire.

— Qui êtes-vous ?

— Je suis celui qu'on a laissé derrière. Celui qui a vu l'opération se transformer. Et qui n'a pas voulu devenir un monstre.

Il ouvrit une sacoche noire, en sortit une liasse de documents reliés, un disque dur crypté, et un téléphone sécurisé.

— Voici ce que vous cherchiez. La cartographie complète de l'infiltration de Phénix dans les structures de l'État. Pas seulement en France. Bruxelles, Berlin, Madrid, Rabat. Des agents dormants, des relais financiers, des appuis politiques. Le réseau n'a jamais été démantelé. Il a simplement changé de nom. Et il continue d'agir.

Léa attrapa le dossier. Les premières pages suffirent à la glacer. Des noms. Des visages. Des intitulés de mission. Des organigrammes reliant des conseillers ministériels à des cellules anonymes. Des signatures, des notes confidentielles du Conseil de défense. Elle reconnut au passage **deux anciens Premiers ministres** et un chef d'état-major encore en fonction.

— C'est une prise de pouvoir silencieuse, murmura-t-elle.

— Non, corrigea-t-il. C'est une prise de contrôle psychologique. La plupart des gens que vous verrez dans ces dossiers ne savent même pas qu'ils obéissent à un programme. Ils ont été formés, conditionnés, encadrés depuis vingt ans. On leur a soufflé ce qu'ils devaient devenir. Et ils sont devenus.

— Mais pourquoi me donner ça maintenant ?

Il marqua un silence. Puis il tourna les yeux vers elle.

— Parce que vous êtes encore libre. Et qu'eux... ne le sont plus.

Un bruit sec résonna. Une alarme dans le lointain. L'homme jeta un œil au rétroviseur, puis reprit rapidement le disque dur, l'ouvrit et sortit une clé secondaire.

— Celle-ci contient les preuves les plus compromettantes. Si je suis pris, elles disparaîtront. Vous seule pouvez les décrypter. Il y a un mot de passe. Le nom de la rue où Claire Dubois a grandi.

Il ouvrit la portière et sortit.

— Attendez ! Comment vous appelez-vous ? lança Léa.

Il se retourna brièvement.

— Vous ne me trouverez pas. Et si vous entendez mon nom, c'est qu'il sera trop tard.

Puis il disparut dans l'ombre.

Léa resta seule quelques secondes, le souffle coupé. Elle ouvrit de nouveau le dossier. Elle lut des lignes entières sans cligner des yeux. Tout ce qu'elle avait soupçonné était vrai. L'Opération Phénix n'était pas un accident de l'histoire. C'était **une stratégie d'occupation démocratique**, une distorsion du pouvoir en pleine lumière.

Elle recopia les documents sur deux clés distinctes, encryptées avec trois couches de sécurité. Puis elle brûla l'original.

Elle ne savait pas combien de temps elle avait. Mais elle savait ce qu'elle devait faire : **transmettre**.

Cette fois, elle ne publierait pas une tribune. Elle organiserait **un choc de vérité**, un événement mondial. Une révélation si précise, si documentée, qu'aucun pouvoir ne pourrait l'ignorer.

Léa Moreau n'était plus une journaliste en quête de réponses.

Elle était devenue **la mémoire d'un mensonge d'État**.

Et elle était sur le point de le révéler au monde.

Chapitre 5 : Les Voix du Passé

Elle se tenait là, dans l'obscurité d'une chambre sans fenêtre, les bras serrés contre elle, le souffle court, comme si elle pouvait encore entendre les voix. Les vraies. Celles qui avaient hanté ses nuits pendant des années. Celles qui revenaient maintenant, chaque fois qu'elle fermait les yeux. Chaque fois que le masque glissait.

Claire Dubois n'avait que seize ans lorsqu'elle fut sélectionnée.

À l'époque, elle ne s'appelait même pas Claire. Juste un matricule. *Sujet A-17*. Fille d'ouvriers disparus dans un accident de la route jamais élucidé. Placée en foyer, transférée entre deux structures, jusqu'à ce qu'un homme en costume sombre vienne la chercher, un matin glacial de janvier. Il lui avait tendu une lettre. Une convocation officielle. Ministère de l'Éducation Nationale, disait l'en-tête. En bas, une signature falsifiée.

Elle n'avait posé aucune question. À cet âge-là, elle ne connaissait ni la confiance ni la peur. Elle avait juste suivi, espérant trouver quelque chose de mieux que les cris, les murs sales et les repas froids.

On l'avait emmenée dans un lieu sans nom. Un ancien sanatorium reconverti en centre de formation. Les pensionnaires étaient tous jeunes, brillants, brisés. On les appelait "les phénix". Parce qu'ils devaient renaître. Être reprogrammés. Nettoyés.

Claire avait rapidement compris qu'elle ne pourrait pas fuir. Alors elle avait appris. À parler plusieurs langues. À lire entre les lignes. À séduire, à convaincre, à mentir. On lui avait injecté des récits, des idéaux, des identités. Elle changeait de nom tous les deux mois. Elle devenait Clara, Elise, Marianne. On testait sur elle des comportements, des réflexes. On mesurait sa résistance au stress, à la douleur, au doute. Parfois, on lui imposait une mission factice, dans une ville, une école, un ministère. Elle devait se fondre dans le décor. Observer. Influencer. Disparaître.

Elle avait excellé.

À dix-neuf ans, elle fut choisie pour le programme supérieur. La vraie Opération Phénix. Elle se souvint encore du jour où elle fut convoquée dans une salle blanche, où trois hommes en uniforme l'attendaient.

— Tu es prête, lui avaient-ils dit.

Elle avait simplement hoché la tête. Ce n'était pas une question.

Ils lui montrèrent une photo. Un jeune homme, charismatique, promis à un brillant avenir politique. Fils d'un sénateur, diplômé de l'ENA, proche des milieux progressistes.

— Tu vas t'en approcher. Tu vas l'étudier. Et tu vas devenir indispensable.

Ce jeune homme s'appelait **Julien Marceau**.

Claire, alors rebaptisée Élisabeth, n'avait rien d'une espionne. C'était une élève brillante, une stratège née. Elle connaissait le poids des regards, l'art de l'admiration feinte, la mécanique de l'intimité. Peu à peu, elle s'était installée dans son quotidien. Un déjeuner dans une cantine administrative. Une invitation à une conférence. Une conversation sur la réforme de l'État. Elle disait peu, écoutait beaucoup. Julien tomba amoureux. Lentement. Sincèrement.

Elle aussi, peut-être. Mais elle ne l'avoua jamais.

Le jour où il lui demanda de l'épouser, elle n'avait pas encore reçu le feu vert. Elle attendit qu'on lui donne l'ordre. Quand il arriva, signé d'un directeur qu'elle ne connaissait pas, elle accepta.

Dans les mois qui suivirent, elle devint l'épouse modèle. Silencieuse. Élégante. Éduquée. Derrière chaque mot prononcé en public, chaque geste filmé, se cachait une stratégie. Chaque apparition renforçait leur image. Leur "histoire d'amour républicaine" faisait la une des magazines. Personne ne se doutait. Sauf ceux qui l'avaient construite.

Mais à mesure que Julien gravissait les échelons, quelque chose changea en elle. Une faille. Une fissure dans le programme. L'amour qu'elle avait simulé était devenu réel. Et le masque avait commencé à coller à la peau.

Elle avait tenté de sortir. Une fois. Elle avait laissé une lettre, préparé une fuite. Mais ils l'avaient retrouvée à Nice, deux heures avant son départ. Ils n'avaient pas crié. Ni frappé. Ils avaient seulement dit : « *Si tu pars, c'est lui qu'on efface.* »

Alors elle était revenue.

Et elle avait continué. Pour Julien. Pour la France. Pour sauver ce qu'elle pouvait encore sauver de son âme. Elle croyait qu'elle pouvait contrôler l'Opération. La retourner. S'en servir pour le bien. Mais elle avait sous-estimé la bête.

Aujourd'hui, dans cette chambre d'hôtel cachée sous un faux nom, elle regardait une vieille photographie d'elle à dix-sept ans. Elle avait les yeux grands ouverts, mais elle ne voyait rien.

Élisabeth Marceau, Première Dame de France, portait encore en elle les fragments de Claire Dubois. Mais les deux femmes se parlaient de moins en moins. Et dans les silences qui les séparaient, **les voix du passé hurlaient toujours.**

Chapitre 6 : Confrontation à l'Élysée

Le salon Murat, d'ordinaire réservé aux conseils des ministres, n'avait jamais connu un tel froid. Ni dans l'air, ni dans les cœurs. Ce matin-là, les rideaux ne suffisaient pas à atténuer la lumière blafarde qui tombait sur les visages tendus des plus hauts représentants de l'État. Tous étaient là. Les ministres régaliens, les chefs d'état-major, les directeurs de cabinet, et quelques membres du cercle très restreint du Président.

Assis à la tête de la table, **Julien Marceau** les regardait un à un, les lèvres pincées, les tempes battantes. Depuis sa prise de fonction, il n'avait jamais vu un silence aussi pesant, ni une atmosphère aussi chargée de rancune voilée. Il sentait que chacun d'eux, derrière ses dossiers, ses lunettes, ses mines graveleuses, ne se posait qu'une seule question : *jusqu'où savait-il ?*

La réunion avait été convoquée à 7h43, en urgence. À 8h10, tout le monde était déjà là. Même le ministre de l'Intérieur, pourtant réputé pour son mépris des horaires présidentiels, avait quitté une conférence à Berlin pour être présent. C'était un mauvais signe.

Julien ouvrit le dossier devant lui, mais il connaissait déjà les chiffres par cœur. L'indice de confiance du gouvernement venait de chuter à 19 %. Les services de renseignement faisaient état de signes de radicalisation accélérée dans plusieurs banlieues. Le MEDEF s'alarmait d'un climat d'instabilité politique délétère. Et surtout : **un rapport interne de la DGSI révélait que l'Opération Phénix avait bel et bien existé. Et qu'une part de ses agents évoluaient encore au cœur du système.**

Le silence fut rompu par la voix tranchante de la ministre de la Défense.

— Monsieur le Président, nous avons besoin de clarté. Vous avez été informé de l'existence de ce programme, oui ou non ?

Julien prit une inspiration, pesa chacun de ses mots.

— Ce programme m'a été présenté partiellement il y a plusieurs années, dans le cadre de mes fonctions de député, à l'époque. J'ignorais l'ampleur de son infiltration actuelle.

Un murmure parcourut la salle.

— Vous viviez avec son sujet principal, lança le ministre de la Justice, les bras croisés. Vous n'avez rien vu ? Rien soupçonné ?

— Elle m'a caché son passé, dit Julien. Tout comme elle l'a caché à l'État, au peuple, à moi-même.

La ministre des Finances intervint à son tour, d'un ton calme mais glacial.

— L'indépendance de nos institutions est gravement compromise, Monsieur le Président. Nous avons une Première Dame issue d'un programme de manipulation étatique. Des conseillers soupçonnés d'en faire partie. Et un président qui ne réagit que lorsque la presse l'expose.

Julien serra les mâchoires.

— J'ai ordonné une enquête interne. Des vérifications croisées. J'ai lancé un audit complet des nominations de ces vingt dernières années. Je ne resterai pas inactif.

— C'est déjà trop tard, répliqua sèchement le Premier ministre. Ce matin, trois députés ont quitté la majorité. D'autres préparent une motion de censure. Il faut réagir, et vite. Si nous ne reprenons pas le contrôle de la narration, c'est la rue qui décidera à notre place.

Le président du Conseil constitutionnel, discret jusqu'alors, posa sa main sur la table.

— Il y a une autre question, plus juridique. Si l'on prouve que l'élection présidentielle a été influencée par un réseau occulte, votre légitimité même pourrait être remise en cause.

Julien se leva lentement.

— Vous voulez que je démissionne ? demanda-t-il, les yeux plantés dans ceux du Premier ministre.

Un silence. Puis un murmure d'embarras.

— Nous vous demandons de parler, dit finalement la ministre de la Défense. D'assumer. Et d'annoncer une refondation. Pas un retrait. Une reconstruction. Avec vous, ou sans vous.

C'est alors qu'un conseiller spécial, assis à l'extrémité de la table, se leva à son tour. Il s'appelait **Victor Lemaître**, inconnu du grand public, mais proche de Julien depuis des années. Il avait les traits tirés, le regard inquiet.

— Je crois que... je dois dire quelque chose.

Tous se tournèrent vers lui.

— Ce n'est pas facile, mais... il y a trois mois, j'ai reçu un rapport de la cellule Phénix. Il m'a été transmis par un canal confidentiel, comme une note stratégique. Je l'ai lu. Et je ne vous l'ai pas transmis, Monsieur le Président.

Julien le regarda, bouche entrouverte.

— Pourquoi ?

— J'ai eu peur. J'ai cru qu'il s'agissait d'une tentative de déstabilisation. Et... une partie du rapport était flatteuse pour votre gestion de crise. J'ai cru qu'il valait mieux le taire.

— Vous avez dissimulé une information classée défense, coupa la ministre de la Justice. C'est une trahison.

Victor baissa les yeux. Julien, lui, resta figé. Il venait de perdre l'un de ses plus vieux alliés.

— Sortez, ordonna-t-il d'une voix dure.

Victor quitta la salle en silence, sans un mot, les épaules basses.

Julien se rassit. Il fixait un point invisible devant lui. Son palais était en train de devenir une forteresse assiégée. Et ses propres généraux commençaient à trahir.

Il leva enfin les yeux, et déclara :

— Ce soir, je prendrai la parole devant la Nation. Je parlerai. Je dirai ce que je sais. Mais je ne permettrai pas que ce gouvernement soit pris en otage par la peur ou par le doute. Pas tant que je suis encore président.

Les visages restèrent impassibles. Certains sceptiques, d'autres résignés.

La réunion fut levée dans un silence de plomb.

Quand Julien sortit de la salle, seul, il sentit le poids du pouvoir lui peser comme jamais. Derrière les dorures, derrière les portraits, il comprenait enfin que l'Élysée n'était pas un sanctuaire.

C'était un champ de bataille. Et les balles invisibles volaient déjà autour de lui.

Chapitre 7 : La Confession d'Élisabeth

Le jour déclinait sur les hauteurs de Megève, peignant de rose et de bleu les cimes silencieuses. Dans le chalet isolé, loin des regards, loin de Paris, loin de tout, **Élisabeth Marceau**, jadis première dame adulée, n'était plus qu'une silhouette drapée dans un manteau de laine sombre, assise près de l'âtre, le regard figé dans les flammes.

Elle n'avait vu personne depuis trois jours. Juste un vieux majordome discret, envoyé par une amie du passé. Ici, aucun téléphone, aucun signal. La neige tombait doucement sur les vitres, comme pour étouffer le tumulte du monde. Mais dans sa tête, les voix ne cessaient de hurler.

La chute avait été brutale. Et pourtant, elle savait qu'elle ne faisait que commencer.

Un bruissement léger derrière elle. Elle ne se retourna pas. Elle savait qui venait.

"Il est en retard," dit-elle simplement, sans émotion.

L'homme posa son manteau sur un porte-crochets. Il ne s'était pas annoncé. Il n'en avait pas besoin. Elle l'avait appelé trois jours plus tôt, dans un dernier élan de lucidité. Il était son dernier lien, son unique témoin. Il s'appelait **Raphaël Desmaret**, psychiatre de formation, mais surtout, membre de la première cellule de préparation psychologique du programme Phénix.

Il s'assit lentement face à elle. Entre eux, le feu craquait. Les ombres dansaient sur les murs.

— Je savais que vous m'appelleriez un jour, dit-il doucement.

Élisabeth détourna les yeux.

— J'ai menti à tout le monde, Raphaël. Mais pas à moi. Pas complètement.

Il attendit. Elle reprit, plus bas :

— Tu étais là, à La Grange. Tu te souviens de ce centre ? Une ancienne abbaye. On y formait les "candidats" aux rôles-clefs. Pas les soldats. Les architectes.

— Je me souviens, répondit-il. Tu étais brillante. Imprévisible. Fragile aussi.

— Ils ont vu cette fragilité comme une opportunité. Pas comme une faiblesse. J'étais malléable, modelable, mais aussi ambitieuse. Je voulais fuir ma vie d'avant. Et eux... ils m'ont promis un destin.

Elle sourit sans joie.

— Tu sais comment ils m'ont convaincue ? Ils m'ont montré une vidéo. De moi, à quinze ans, en train de voler du pain dans une boulangerie. Une caméra de surveillance. Et à côté, la même scène rejouée par une actrice, sauf qu'elle se faisait arrêter, humilier, brisée. Ils m'ont dit : "Choisis ton avenir."

Raphaël ne dit rien. Il la laissa parler. Il savait que cette confession n'était pas pour lui. Elle se parlait à elle-même. Enfin.

— Au début, c'était fascinant. J'apprenais à parler comme une politicienne, à respirer comme une journaliste, à sourire comme une diplomate. On me disait : "Tu ne fais que jouer un rôle." Mais plus le rôle durait, plus il me dévorait.

Elle ferma les yeux.

— Quand ils m'ont assignée à Julien, j'ai cru que ce serait une mission comme une autre. Une infiltration. Mais il était… il était sincère. Il m'a regardée comme personne ne l'avait jamais fait. Et là, j'ai voulu sortir. Me libérer.

Elle marqua une pause, reprenant difficilement sa respiration.

— J'ai tenté de fuir. Deux fois. La première, ils m'ont menacée. La seconde, ils ont tué.

Raphaël tressaillit.

— Qui ?

— Une journaliste. Elle s'appelait **Camille Bellanger**. Elle enquêtait sur une société-écran qui finançait les campagnes électorales. Elle était tombée sur des documents liant ces fonds à mon passé. Je l'ai prévenue. Discrètement. Trois jours plus tard, elle a eu un accident de voiture.

— Tu crois qu'ils l'ont tuée ?

— Je n'ai plus aucun doute.

Le feu s'éteignait lentement, ne laissant que des braises.

— Et toi, Élisabeth ? demanda Raphaël. Tu t'es crue victime ? Ou complice ?

Elle mit du temps à répondre. Ses yeux étaient rouges, mais secs.

— Les deux. J'ai été construite pour jouer un rôle. Mais j'ai aussi décidé de le garder. J'aurais pu tout arrêter. Au moins, prévenir Julien. Mais j'avais trop peur. De lui. De sa réaction. De me perdre.

Un long silence suivit.

Puis elle murmura :

— C'est étrange. Toute ma vie, j'ai joué un personnage. Une femme forte, cultivée, libre. Et c'est maintenant, au bord du gouffre, que je découvre qui je suis.

— Et qui es-tu ?

Elle le regarda enfin.

— Une fille brisée qu'on a recousue avec des promesses. Une marionnette qui a coupé ses fils trop tard. Et peut-être... peut-être une traîtresse qui aimerait encore sauver ce qui peut l'être.

Elle se leva, marcha jusqu'à une malle posée contre le mur. Elle en sortit un petit carnet, à la couverture de cuir usé.

— Voici tout ce que je sais. Noms. Dossiers. Lieux. C'est ma mémoire. Mon héritage. Remets-le à Léa Moreau. Dis-lui que je ne cherche pas à me faire pardonner. Seulement à dire la vérité. Enfin.

Raphaël prit le carnet. Le poids de ce petit objet semblait démesuré. Comme s'il contenait non seulement une histoire, mais un monde entier de mensonges.

Il se leva, l'air grave.

— Tu sais qu'après ça, tu ne pourras plus revenir en arrière.

— Je n'ai plus d'arrière, Raphaël. Plus de pays. Plus de mari. Plus de nom.

Elle sourit tristement.

— Il ne me reste qu'une chose : **la vérité**. Et elle brûle plus que toutes leurs flammes.

Raphaël s'approcha d'elle, posa brièvement une main sur son épaule. Puis il quitta le chalet.

Quand la porte se referma, Élisabeth s'approcha de la fenêtre. Elle ouvrit les volets. La neige avait cessé. Le silence était pur. Trop pur.

Elle murmura, pour elle-même :

— Claire Dubois… je t'entends encore.

Et dans le lointain, peut-être, **une enfant de quinze ans pleurait enfin en paix**.

Chapitre 8 : Le Signal d'Alerte

Le convoi présidentiel roulait à vitesse réduite le long de l'avenue Jean-Jaurès à Lyon, encadré par une escorte de motards silencieux et des policiers en civil disséminés dans la foule. Julien Marceau avait décidé, contre l'avis de ses conseillers, de maintenir sa visite dans la région, afin de rencontrer les représentants syndicaux de la métallurgie et prononcer un discours sur la stabilité de la République.

Il voulait montrer qu'il tenait encore debout. Qu'il contrôlait la situation. Qu'il restait président, envers et contre tous.

Mais dans les rues, il n'y avait ni calme ni confiance. Les gens étaient venus nombreux. Trop nombreux. Et les visages n'étaient pas ceux de citoyens venus applaudir. Les pancartes, brandies par des mains fermes, portaient des slogans courts, violents, tranchants :
"PHÉNIX DÉMISSION"
"MARIONNETTE D'ÉTAT"
"JUSTICE POUR LA VÉRITÉ"

À 10h32, alors que la voiture blindée s'arrêtait devant la préfecture du Rhône, tout bascula.

Un claquement sec. Un son qui n'était pas celui d'un pétard, ni d'un micro. Un bruit trop net, trop précis.

Julien sentit l'impact avant de le comprendre. Une onde sourde fit vibrer la carrosserie. La vitre arrière droite explosa, projetant des éclats sur les sièges. Les agents du GSPR réagirent immédiatement, tirant le Président vers le plancher du véhicule, couvrant son corps de leurs torses. Cris, ordres hurlés, foule paniquée. Des agents couraient déjà dans toutes les directions. Un homme avait été vu, arme à la main, dans un immeuble à cent mètres. Le tireur s'était servi d'un silencieux de précision. Une seule balle. Mais une balle adressée à la République elle-même.

Julien ne fut pas touché. Mais la balle, elle, avait traversé la vitre avant de se ficher dans l'appuie-tête du siège qu'il occupait quelques secondes plus tôt.

À Paris, l'information arriva en moins de cinq minutes à la cellule de crise de l'Élysée. À la dixième minute, BFM TV, France Info et CNN affichaient en bande rouge :
« **Tentative d'assassinat contre le président Marceau** »

À la vingtième minute, la vidéo de la détonation tournait en boucle sur Twitter. L'image de la voiture noire accélérant brutalement, escortée par des motos survoltées, devint l'icône du chaos en marche. La France entière retenait son souffle.

Mais ce n'était pas un choc muet. Ce fut **une détonation politique.**

À l'abri dans un poste de commandement sécurisé, Julien, encore sous le choc, observait les images en direct. Son visage était pâle, tendu, mais ses yeux brillaient d'une lucidité nouvelle. Il avait frôlé la mort. Il l'avait regardée en face.

Un conseiller, blême, s'approcha de lui.

— Nous avons des suspects. Le tireur présumé a été abattu. Mais il portait une fausse identité. Nous pensons à un professionnel. Peut-être une exécution commandée.

— Par qui ?

— C'est là que ça devient trouble. Les premières analyses indiquent un lien indirect avec une structure dissoute : **le Réseau Prisme**, une cellule discrète utilisée par les services secrets dans les années 2000. Or, cette cellule a été partiellement réactivée... par des anciens membres de l'Opération Phénix.

Julien ferma les yeux. C'était donc vrai. Ils n'avaient pas seulement infiltré les esprits. Ils avaient gardé des armes. Des moyens. Des tueurs.

— Prévenez la ministre de la Défense. Et convoquez une réunion de l'Alliance des Ombres. Ce soir.

— Monsieur, l'Alliance n'est pas une structure officielle...

— À partir de maintenant, elle l'est.

Pendant ce temps, dans un café discret de Genève, **Léa Moreau** suivait la nouvelle en direct sur son ordinateur. Le tir. La panique. Les images de Julien, exfiltré.

Elle comprit immédiatement. Ce n'était pas un attentat ordinaire. C'était un **signal d'alerte**. Un avertissement. Le dernier. Ce message ne visait pas à tuer. Il visait à prévenir : *Si vous continuez, nous frapperons plus fort.*

Sami, assis en face d'elle, regardait la même vidéo, bouche entrouverte.

— Ce n'est plus une affaire d'État, murmura-t-il. C'est une guerre.

— Pas encore, répondit Léa. Mais on y est presque.

Elle ouvrit son sac, sortit un double du carnet qu'Élisabeth lui avait transmis. Il restait une carte à jouer. Une carte que le monde entier attendait : **la révélation publique des noms**. Mais pour cela, il lui fallait frapper juste. Frapper fort. Frapper au cœur.

À Paris, dans les quartiers populaires, les manifestations redoublèrent d'intensité. Des slogans résonnaient dans les rues, sous les sirènes.

— On tire sur le mensonge !
— On veut la vérité !
— Pas d'amnistie pour les phénix !

La peur s'était changée en colère. Et la colère en fièvre.

Le soir même, Julien Marceau prit la parole depuis une salle sécurisée. Pas d'effets. Pas de public. Juste une caméra, un pupitre, et une vérité partielle.

— Ce matin, une balle a tenté de m'arracher à la République. Je n'ai pas été touché. Mais la République, elle, l'a été.

Il marqua une pause, fixa l'objectif.

— L'Opération Phénix est réelle. Elle a infiltré notre démocratie. Et moi, en tant que président, je m'engage à l'éradiquer, avec l'aide de tous ceux qui, dans l'ombre, luttent pour la vérité.

Il posa ses mains sur le pupitre, lentement.

— Car ce n'est plus une question politique. C'est une question de survie. De justice. De mémoire.

Ce soir-là, la France ne dormit pas.

Le signal avait été lancé. La riposte ne ferait plus attendre.

Chapitre 9 : La Trahison Dévoilée

L'orage grondait au-dessus de Paris comme une menace cosmique. Le ciel bas, presque noir en pleine journée, semblait vouloir écraser la ville. À l'Élysée, dans une salle de réunion feutrée au deuxième étage, **Julien Marceau** lisait un rapport que personne n'avait encore osé commenter. Le silence dans la pièce était épais, presque oppressant. Même les horloges paraissaient s'être arrêtées.

Sur la table : une chemise cartonnée marquée "ULTRA-CONFIDENTIEL – Transmis par la DGSI – 03H41".

À l'intérieur, douze pages. Douze pages qui pourraient faire tomber un gouvernement.

Julien les relisait pour la quatrième fois. Chaque ligne le frappait plus durement que la précédente. Ce n'était pas seulement un complot qu'on lui exposait. C'était **une trahison intime**.

Il leva les yeux vers ses ministres, ses conseillers, son secrétaire général. Tous attendaient son verdict. Tous… sauf **Victor Lemaître**, son ancien bras droit, exfiltré de l'Élysée depuis la veille, officiellement pour "épuisement nerveux".

Mais ce que contenait ce dossier, c'était bien plus qu'un épuisement.

Le directeur de la DGSI, présent exceptionnellement, prit enfin la parole.

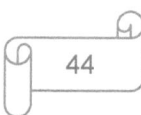

— Monsieur le Président, nous avons vérifié les métadonnées, les signatures électroniques, les mouvements bancaires. Les éléments sont convergents. Lemaître a transmis des notes internes du Conseil des ministres à une entité liée au réseau Phénix.

Julien posa lentement la main sur la couverture du dossier.

— Pourquoi maintenant ? Pourquoi lui ?

— Nous pensons qu'il a été recruté il y a plus de dix ans, alors qu'il était encore attaché parlementaire. Un profil brillant, discret, ambitieux. Il a gravi les échelons sans jamais attirer l'attention. Un agent dormant. Classique. Mais efficace.

— Et ses ordres ?

— Il était un relais. Pas un décisionnaire. Il transmettait. Mais certains éléments montrent qu'il a aussi initié des campagnes de désinformation internes. Il aurait influencé plusieurs décisions présidentielles majeures sous couvert de stratégie politique.

Julien se leva, fit les cent pas.

Il se rappelait Victor. Sa fidélité apparente. Son calme. Son sens du détail. Il avait rédigé ses discours. Négocié ses rendez-vous les plus sensibles. Partagé des dîners avec lui et Élisabeth. Il avait même assisté à la naissance de son fils.

Il se retourna brusquement vers le directeur.

— Est-ce qu'il a agi seul ?

Un silence. Puis la réponse, froide :

— Nous ne le pensons pas.

Un frisson parcourut la pièce. Les regards se croisèrent. Un doute, insidieux, venait d'entrer dans la salle : *et s'il y en avait d'autres ?*

Le ministre de l'Intérieur prit la parole, d'une voix grave.

— Ce genre d'infiltration ne s'arrête pas à un seul homme. Si Lemaître a transmis des informations, il l'a fait avec l'assurance qu'il n'était pas seul. Il faut envisager une purge.

— Une purge ? répéta Julien, la voix tremblante. Dans mon propre cabinet ?

— Dans tout l'appareil d'État.

Julien recula. Il comprenait désormais ce qu'on attendait de lui. Ce n'était plus une crise politique. C'était une guerre d'assainissement.

Et chaque décision qu'il prendrait à partir de maintenant allait renforcer ou briser **ce qui restait de la République**.

Pendant ce temps, dans un appartement bourgeois du 7e arrondissement, **Léa Moreau** recevait une nouvelle clé USB déposée anonymement à sa boîte postale cryptée. À l'intérieur : une vidéo. Un enregistrement audio de **Victor Lemaître**, datant d'il y a deux semaines.

"Il croit que je suis loyal. Il croit que je suis à lui. Mais il ne comprend pas... Ce pouvoir qu'il protège, ce n'est pas le vrai. Le vrai pouvoir est ailleurs. Et moi, je n'ai jamais cessé de le servir."

Léa sentit son sang se glacer. Elle tenait une bombe. Une voix. Un aveu. Celui d'un homme à la croisée des mondes, qui avait trahi le plus haut sommet de l'État sans jamais lever la main.

Elle comprenait maintenant pourquoi Julien Marceau était devenu plus nerveux, plus solitaire. Il avait été trahi par l'un de ses piliers. Et s'il avait tenu bon jusqu'ici, cette trahison risquait de l'achever.

— On ne tient plus rien, murmura-t-elle.

Elle savait qu'elle devait agir. Révéler cet enregistrement ? Pas encore. Il fallait plus. Il fallait la chaîne complète. Pas un traître isolé, mais **le système entier mis à nu**.

Le lendemain matin, le Président annonça la suspension immédiate de tous les membres de son cabinet en lien avec la communication stratégique. Une cellule spéciale fut ouverte à la DGSI. Les services furent purgés. Des démissions s'enchaînèrent. Les journaux titraient :

"L'Élysée en état de siège"
"Trahison au sommet"
"Marceau seul contre l'État profond"

Mais derrière la façade médiatique, un vent plus sombre soufflait. Le cercle présidentiel n'était plus qu'un champ de ruines. La confiance s'était effondrée.

Et au cœur de ce séisme, une seule question demeurait : **combien restaient encore infiltrés ?**

Julien, enfermé dans son bureau, regardait par la fenêtre. Il ne voyait plus Paris. Seulement un échiquier où les pièces blanches et noires s'échangeaient leurs rôles.

Il comprenait désormais ce que cela signifiait d'être président dans une République sans boussole.

Et il savait que le prochain coup pourrait être fatal.

Chapitre 10 : Le Rassemblement des Témoins

Il était 22h03 lorsque Léa Moreau pénétra dans l'ancienne fabrique désaffectée de Saint-Denis, aujourd'hui transformée en zone de transit pour sans-abris et marginaux invisibles aux yeux des autorités. Mais ce soir-là, elle ne venait ni pour une enquête sociale, ni pour un reportage.

Ce soir, elle réunissait **des fantômes**.

Sous les néons faiblards d'un hangar dissimulé derrière une enfilade de conteneurs rouillés, Léa avait organisé une rencontre clandestine dont l'existence seule suffisait à faire trembler les murs de la République. Aucun nom n'avait circulé. Aucun portable n'était autorisé. Tous les échanges avaient eu lieu via un réseau crypté fourni par le collectif des Veilleurs. Même l'endroit avait été confirmé à la dernière minute, par un message audio codé.

Ils étaient cinq. Cinq témoins, cinq éclats d'un miroir brisé qu'elle tentait de recoller pour révéler **le vrai visage de l'Opération Phénix**.

La première à arriver avait été **Hélène Garcin**, ancienne psychologue militaire. Cheveux blancs attachés en chignon, lunettes noires, épaules voûtées par le poids de ce qu'elle savait. Elle avait travaillé dans le "Noyau Initial", la toute première cellule de conditionnement. C'était elle qui, dans les années 90, avait conçu les premiers protocoles d'effacement identitaire.

— Ils nous ont dit que c'était pour la France, avait-elle dit en s'asseyant. Pour créer des agents capables de résister à la torture, à l'interrogatoire, à la compromission. Ils ne nous ont pas dit qu'ils s'en serviraient pour créer des politiciens.

Le deuxième était un homme silencieux, à la carrure massive. Il se faisait appeler **Benoît**, sans donner de nom de famille. Ancien agent de terrain, utilisé dans les années 2000 pour "protéger" certaines recrues durant leurs missions d'infiltration. Comprendre : éliminer les témoins gênants.

— J'en ai vu tomber, avait-il dit à Léa, les yeux dans le vague. Pas seulement ceux qui posaient des questions. Ceux qui avaient des doutes. Ceux qui voulaient sortir. On les brisait. Lentement. Ou on les faisait disparaître. Je n'ai pas tout empêché. Mais j'ai tout vu.

La troisième, **Fatou Ndiaye**, était une ancienne formatrice. Franco-sénégalaise, elle avait quitté le programme après une mission en Afrique centrale où elle avait formé, sans le savoir, des jeunes destinés à infiltrer les services de renseignement étrangers.

— C'est là que j'ai compris que ce n'était plus un programme de défense. C'était une machine de contrôle. On créait des identités comme on fabrique des armes. Et ces armes, on les exportait.

Le quatrième, **Marc Delage**, était l'ancien gestionnaire administratif d'un site "hors-réseau" où l'on centralisait les archives des recrues. Il avait tout numérisé. Tout indexé. Puis un jour, il avait été congédié sans explication.

— Ils ne savaient pas que j'avais fait une copie. Je pensais ne jamais la ressortir. Mais aujourd'hui... il est temps.

Il tendit à Léa un disque dur. Chiffré, blindé. Le genre de fichier qui pouvait faire tomber vingt ans de mensonges.

La dernière, enfin, était celle que Léa attendait avec le plus d'appréhension : **Mélissa Ravaillac**, nom d'emprunt. Elle avait été une recrue, comme Claire Dubois. Même génération. Même centre. Même formation. Mais elle avait échoué. Ou refusé. Et on l'avait écartée. Internée. Diagnostiquée schizophrène pour mieux l'effacer.

Elle tremblait légèrement. Mais sa voix était claire.

— J'ai vu Claire. On l'appelait A-17. C'était la meilleure. Elle apprenait tout. Mais elle souffrait. Elle doutait. Elle écrivait des choses dans un carnet. Je l'ai lu une fois. Elle se demandait si elle était encore humaine. Elle voulait arrêter. Mais ils ne la laissaient pas. Ils lui avaient promis qu'elle deviendrait la Première Dame. Et elle l'a cru. On l'a tous crue.

Un silence.

Dans ce hangar humide, éclairé par une simple ampoule suspendue à un fil, Léa prenait des notes à la main. Elle ne voulait pas de micro, pas de caméra. Juste la parole nue. Brute. Authentique.

Quand les témoignages furent terminés, elle ferma son carnet, le posa sur ses genoux. Puis elle leva les yeux.

— Si je publie tout ça, vous savez ce qui vous attend.

Hélène Garcin hocha la tête.

— J'ai vécu assez longtemps avec ça sur la conscience. Ce qui me fait peur aujourd'hui, ce n'est pas de parler. C'est de me taire encore.

Benoît serra les poings.

— Qu'ils viennent. Cette fois, je ne me cacherai plus.

Léa les regarda, un à un. Elle avait devant elle **le noyau de vérité**. Ce qu'elle cherchait depuis des mois. Des visages. Des voix. Des preuves. Pas des rumeurs. Pas des suppositions.

Un dossier prêt à être déclenché.

Un dossier qui, une fois publié, **ferait imploser le système**.

Elle rassembla les documents, rangea le disque dur, et souffla :

— Merci. Ce que vous venez de faire… va changer l'Histoire.

À ce moment précis, un grondement sourd résonna dans le hangar. Ce n'était pas un avion. Ni un camion.

C'était **l'Histoire**, justement, qui approchait.

Et cette fois, elle n'avait aucune intention de passer sous silence.

Chapitre 11 : La Bataille des Médias

À 06h12, le lendemain matin, l'information tomba comme une pluie d'acide sur les rédactions encore endormies :
« **L'Élysée savait.** »

C'était le titre d'un article publié anonymement sur **Le Révélateur**, le média indépendant pour lequel Léa Moreau avait longtemps travaillé avant de disparaître des plateaux et des conférences. Un article dense, étayé, truffé de documents classés, de citations de témoins, et de chronologies précises. Il accusait. Il détaillait. Il démolissait.

Et surtout, il citait : **le nom de Victor Lemaître**, ses liens directs avec le réseau Phénix, ses agissements dans l'ombre du pouvoir.

En moins de dix minutes, **l'article devint viral**.

Sur France Info, les chroniqueurs hésitaient encore à citer la source. Sur CNews, on évoquait un "délire complotiste organisé par une cellule d'ultra-gauche infiltrée dans les milieux journalistiques". Sur LCI, on parlait prudemment d'un "document à vérifier". Mais sur Twitter, TikTok, et Telegram, la machine était déjà en marche.

« Opération Phénix : l'État au cœur de la manipulation ? »
« Première Dame, faux passé, vrais agents ? »
« Et si notre démocratie était une fiction ? »

Les hashtags **#PhénixLeaks**, **#RépubliqueProgrammée**, et **#LéaMoreauVérité** prirent la tête des tendances mondiales avant midi.

Les chaînes d'information s'enflammèrent. Chacune voulait s'approprier le récit, reprendre le contrôle de la narration. Ce n'était plus une simple affaire d'État. **C'était une guerre de récits.**

France 2 diffusa une émission spéciale intitulée *"Phénix : les racines du mal ?"*, convoquant anciens ministres, analystes politiques et psychiatres. TF1, plus prudent, organisa un débat en plateau entre un général à la retraite et un ancien conseiller de Julien Marceau, qui tentait maladroitement de nier l'authenticité des documents.

Mais c'est sur **Réseau24**, une plateforme numérique en pleine ascension, que la véritable bombe explosa : Léa Moreau, en direct, dans un entretien exclusif, **face caméra**, enregistrée depuis un lieu tenu secret.

— Je ne suis pas là pour me justifier, dit-elle d'une voix posée, les yeux droits dans l'objectif. Je suis ici pour raconter. Pas une théorie. Pas une fiction. Mais une réalité. Celle d'un système qui a façonné notre démocratie comme un script. Celle d'une femme — Claire Dubois — que vous avez connue sous un autre nom. Et celle d'un réseau — l'Opération Phénix — qui n'a jamais cessé d'agir.

Elle livra quelques extraits des témoignages recueillis. Des images floutées. Des voix modifiées. Mais les faits, eux, étaient limpides.

— Ce ne sont pas des accusations. Ce sont des preuves. Vous les lirez. Vous les verrez. Et vous déciderez.

L'interview fut visionnée par plus de **25 millions de personnes** dans les premières 24 heures.

Les téléphones des journalistes saturaient. Les plateaux étaient surchargés. Les rédacteurs en chef passaient leurs nuits à débattre sur le degré d'engagement ou de neutralité à adopter.

Et dans les coulisses du pouvoir, on parlait d'un **"effondrement narratif"**. Le gouvernement ne contrôlait plus l'information. Chaque tentative de démenti se retournait contre lui. Chaque apparition publique du Président était comparée à une manœuvre de diversion.

Julien Marceau, enfermé dans son bureau de l'Élysée, observait l'écran plat accroché au mur. Il zappait d'une chaîne à l'autre. Aucune ne lui était favorable. Même les plus modérées semblaient désormais douter. Les éditorialistes parlaient de "présidence contaminée", de "légitimité affaiblie", de "république sous influence".

— Ils ont gagné la bataille de l'image, murmura-t-il.

Son conseiller en communication, pâle comme un linge, tenta de sauver les apparences.

— On peut encore reprendre la main. Une conférence de presse. Un discours de vérité.

— Il est trop tard pour les mots. Ce qu'ils veulent maintenant, c'est des actes.

Pendant ce temps, Léa, cachée dans un appartement sécurisé prêté par un ancien collègue, analysait les retombées.

— Tu viens de déclencher une insurrection médiatique, dit Sami en regardant les statistiques.

— C'était le but. Ce n'est plus seulement mon enquête. C'est **une contagion de vérité**.

Mais elle savait aussi que cela avait un prix.

— Ils vont me chercher. Pas pour ce que j'ai publié. Mais pour ce que je n'ai pas encore publié.

Et en effet, **un autre dossier dormait dans son sac**. Une carte plus explosive encore. Des documents signés de la main d'un ancien président, prouvant que l'Opération Phénix avait été validée par décret secret, sous couvert de "sécurité stratégique nationale".

C'était la preuve ultime.

Mais elle ne la sortirait qu'au bon moment.

Pour l'instant, elle devait **laisser la tempête médiatique faire son œuvre**, fissurer les murs, retourner l'opinion, et forcer la République à se regarder dans un miroir brisé.

Car dans cette guerre d'images et de récits, **la vérité n'était pas seulement une arme. C'était un feu.**

Et ce feu venait à peine de commencer à brûler.

Chapitre 12 : Le Dilemme de Julien

Il faisait encore nuit lorsqu'il se leva. Pas une nuit paisible — une de ces nuits fiévreuses, sans rêve, où l'on ne dort qu'en apparence. **Julien Marceau**, Président de la République française, avait le visage creusé, les traits tirés, et les yeux rougis d'insomnie. Depuis l'entretien de Léa Moreau, depuis la publication du dossier sur Victor Lemaître, depuis l'explosion médiatique… **rien n'était plus sous contrôle**.

Dans son bureau, éclairé par une seule lampe de lecture, il tenait entre les mains une photo. Celle de son mariage avec Élisabeth. Dix ans plus tôt. Elle portait un tailleur blanc. Lui, un costume sobre. Le sourire de l'innocence. De l'amour. De la confiance.

Aujourd'hui, ce sourire avait disparu.

Il la savait cachée. Il la savait menacée. Mais surtout, il la savait **coupable**.

Pas d'un crime. Mais d'un mensonge. Un mensonge fondateur, fondamental, celui sur lequel il avait bâti sa vie politique, son image, sa légitimité.

Il ferma les yeux.

Comment avait-il pu ne rien voir ?

Était-il naïf ? Aveuglé par l'amour ? Ou complice, au fond, d'un système dont il avait accepté les silences en échange d'un peu de pouvoir et d'un rôle à jouer ?

Il se leva, ouvrit le coffre mural encastré derrière le tableau de l'ancien président Monteil. Il en sortit un dossier scellé portant la mention **CLASSÉ SÉCURITÉ NATIONALE — PHÉNIX**. Il l'avait reçu il y a six mois. Il ne l'avait jamais ouvert.

Il l'ouvrit.

Les premiers mots suffirent à faire trembler ses mains.

"Objet : Claire Dubois – alias Élisabeth Marceau. Statut : Sujet A-17. Mission : accompagnement psychologique, contrôle de discours, orientation des relations publiques de l'État."

Tout y était. Son recrutement. Sa formation. Son intégration au programme. Son infiltration au sein des cercles de pouvoir. Son lien direct avec l'ancien directeur des services. Son rôle dans la campagne présidentielle. Et sa place... à ses côtés.

Julien se laissa tomber dans son fauteuil. Il lut chaque page, méthodiquement. Chaque phrase était une morsure.

Élisabeth avait été construite. Programée. Et offerte au pouvoir.

Et lui... il l'avait aimée. Totalement. Inconditionnellement. Follement.

— Monsieur le Président ? demanda une voix à l'interphone.

— Entrez.

C'était le secrétaire général de l'Élysée, dossier à la main.

— Le Conseil des ministres réclame un positionnement ferme. Les leaders de l'opposition exigent une commission d'enquête parlementaire. La rue gronde. La presse réclame une réponse. Si vous ne condamnez pas publiquement la Première Dame, votre mandat est fini.

Julien regarda l'homme dans les yeux.

— Et si je la protège ?

— Vous coulez avec elle.

— Et si je la livre ?

— Vous survivez. Peut-être.

Le silence s'étira. Puis l'homme sortit, sans un mot de plus.

Julien se leva. Marcha lentement jusqu'à la baie vitrée. Dehors, Paris s'éveillait dans un tumulte retenu. Il savait que derrière chaque lumière d'immeuble, il y avait une opinion, une attente, un jugement.

Il était au bord d'un gouffre.

Entre **la loyauté d'un homme** et **la responsabilité d'un président**.

Il prit son téléphone. Chercha son nom. Élisabeth. Claire. Rien ne s'affichait. Elle avait coupé tout contact. Ou quelqu'un l'avait fait pour elle.

Il enregistra un message vocal.

— Je t'ai crue. Je t'ai aimée. Je t'ai défendue. Mais maintenant... je dois défendre autre chose. Je dois défendre ce qu'il reste de nous. De moi. De ce pays.

Il resta immobile une seconde. Puis il appuya sur "envoyer".

Le choix était fait.

Il convoqua son chef de cabinet, dicta les grandes lignes d'une déclaration nationale. Elle serait claire. Ferme. Impitoyable. Il annoncerait la suspension officielle de la Première Dame de toutes ses fonctions protocolaires. Une enquête indépendante serait ouverte. Et il se tiendrait à la disposition de la justice.

Il savait ce que cela signifiait : **le sacrifice de l'intime pour la survie de l'État.**

Mais à cet instant, Julien comprit quelque chose de plus profond encore. Ce n'était pas seulement sa présidence qu'il venait de livrer. C'était **son humanité**.

Et dans le miroir de son bureau, il vit pour la première fois un homme seul. Vraiment seul. Plus que jamais.

Le Président de la République. Déchu.
Le mari. Brisé.
L'homme. En sursis.

Chapitre 13 : L'Ultime Message d'Élisabeth

Le chalet était silencieux. Trop silencieux. Même le crépitement du feu semblait s'être tu. Dehors, la neige tombait en rideaux lents, comme si le temps lui-même avait décidé de suspendre sa course. **Élisabeth Marceau**, ancienne Première Dame de France, ancienne recrue du programme Phénix, était assise devant une table en bois brut, une plume dans la main, un carnet vierge devant elle.

Elle ne dormait plus. Ne mangeait presque plus. Depuis la rupture du contact avec Julien, depuis que son nom était devenu synonyme de trahison nationale, elle survivait, portée par une seule conviction : *elle ne pouvait pas partir sans parler*.

Mais pas dans une interview. Pas dans un livre. Elle voulait parler à **lui**. À **Julien**. Pas au président. Pas à l'homme public. Mais à l'homme qu'elle avait aimé. À l'homme qu'elle avait trahi. À l'homme qu'elle avait tenté de protéger, à sa manière, sans jamais lui dire la vérité.

Elle plongea la plume dans l'encre. Et commença à écrire.

Julien,

Si tu lis cette lettre, c'est que j'ai pris le risque que tu veuilles encore entendre ma voix.
Je ne sais plus si je suis celle que tu as connue, ou seulement le souvenir que tu as aimé.

Mais je veux te dire une chose : je t'ai aimé. Ce n'était pas dans le programme. Ce n'était pas dans les plans. Ce n'était pas une mission. C'était la seule chose vraie dans ma vie faite de mensonges.

Je ne suis pas née Élisabeth Marceau. Tu le sais maintenant. Je m'appelais Claire Dubois. Une enfant de l'ombre, qu'ils ont modelée, façonnée, dressée à plaire, à séduire, à convaincre. J'ai été un outil. Un pion. Et j'ai cru que cela me donnait une force. J'ai confondu docilité et pouvoir.

Quand ils m'ont confiée à toi, je n'étais qu'une enveloppe vide. Mais tu m'as remplie. De lumière. De questions. De respect. Tu m'as vu comme personne ne m'avait jamais vue. Et j'ai voulu croire que je pouvais changer.

Mais à chaque fois que je m'éloignais, ils me rappelaient. Par des mots. Par des regards. Par des silences. Par des menaces.

Tu ne le sais pas, mais j'ai empêché qu'on te détruise. Plusieurs fois. J'ai menti pour toi. J'ai trahi ceux qui me contrôlaient. Mais je ne t'ai jamais dit pourquoi. Parce que je savais qu'un jour, tu me regarderais autrement. Et ce regard-là, je ne pouvais pas le supporter.

Alors j'ai continué. Jusqu'au point de non-retour.

Aujourd'hui, je ne fuis pas la justice. Je ne fuis pas la vérité. Je veux y contribuer. Je veux l'offrir. Non pas pour être pardonnée, mais pour qu'enfin, ce cercle se brise.

Dans cette enveloppe, tu trouveras un nom. Celui de **celui qui a dirigé Phénix** dans l'ombre toutes ces années. Il n'a jamais cessé d'agir.

Même aujourd'hui. Il est au cœur du pouvoir. Pas derrière toi. **À tes côtés.**

Fais ce que tu dois faire. Même si cela signifie me condamner.

Je n'attends plus rien. Sauf que tu comprennes que je n'ai jamais cessé d'espérer.

Je ne suis plus Élisabeth.
Je suis Claire. Et je te demande pardon.

C. D.

Elle signa sans trembler. Puis glissa la lettre dans une enveloppe. Elle y ajouta une fiche manuscrite, un nom écrit en lettres capitales. Un nom que Julien connaissait. Un nom qu'il ne soupçonnait pas. Un nom qui allait tout changer.

Elle ferma l'enveloppe à la cire rouge, y grava les initiales C.D., et appela le majordome.

— Faites-la parvenir à l'Élysée. Par vos canaux. Pas par les miens.

Il s'inclina, sans poser de question.

Quand il fut parti, Élisabeth se leva, marcha jusqu'à la fenêtre. Elle regarda les montagnes.

Elle n'avait plus peur.

Elle avait menti toute sa vie. Mais cette lettre… était **la première chose vraie qu'elle ait jamais écrite.**

Et elle savait, au fond d'elle, que ce message allait **changer le cours des choses**.

Car dans les secrets du pouvoir, ce ne sont jamais les cris qui détruisent les empires.

Ce sont **les murmures de la vérité**.

Chapitre 14 : L'Infiltration des Saboteurs

Le froid était sec, métallique, presque clinique. Dans les locaux du collectif **Les Veilleurs**, situés dans un immeuble semi-abandonné du 19e arrondissement, une tension irrespirable flottait dans l'air. L'ambiance autrefois studieuse et concentrée avait été remplacée par une agitation nerveuse. **Quelque chose clochait.**

Sami, penché sur trois écrans de contrôle, tapait frénétiquement sur son clavier.

— Ça ne va pas, murmura-t-il. Quelqu'un est passé derrière nos pare-feux. Les adresses IP sont masquées, mais les flux sont anormalement élevés depuis une heure. On a été infiltrés.

Léa, en retrait, se leva d'un bond.

— Par qui ? La DGSI ? L'armée ?

— Non. C'est pire.

Il se tourna vers elle, les yeux élargis par la panique.

— C'est une structure privée. Niveau de chiffrement militaire. Et ils savent exactement ce qu'ils cherchent.

Le disque dur contenant les témoignages. Le carnet d'Élisabeth. Les vidéos. Les copies sécurisées sur des serveurs disséminés dans le cloud. **Tout était désormais en danger.**

Léa comprit aussitôt : **on ne cherchait plus à l'arrêter elle**. On voulait **effacer la preuve**, désarticuler la mécanique de la vérité, frapper le cœur du réseau qu'elle avait constitué.

Sami ouvrit une fenêtre cryptée sur l'écran. Une série de lignes rouges apparut.

— Tu vois ça ? C'est une requête de suppression. Quelqu'un est en train d'effacer nos dossiers un par un. Il faut couper les serveurs physiques. Maintenant.

Un autre membre du collectif, Jonas, s'élança vers la salle des unités centrales. Mais à peine avait-il ouvert la porte qu'un bruit assourdissant retentit : **une explosion sèche, violente, un flash de lumière blanche.**

Léa hurla, se jeta à terre. Sami l'attrapa et la tira derrière un vieux caisson métallique.

— Grenade incapacitante ! Ils sont entrés !

Des silhouettes en noir, visages masqués, envahirent les lieux en quelques secondes. Mouvements fluides. Professionnels. Pas des policiers. **Des mercenaires. Des exécutants.**

Un coup de feu claqua. Jonas s'écroula, touché à la jambe.

— Ils ne veulent pas tuer, murmura Sami. Ils veulent juste **prendre et détruire**.

Léa sentait son cœur battre si fort qu'il couvrait le bruit des tirs. Elle comprit qu'ils étaient là pour **le disque dur principal**, caché dans le boîtier mural derrière le faux panneau d'électricité.

Elle se leva brusquement, glissa derrière une étagère et se faufila vers la salle. Un des assaillants la repéra, mais trop tard. Elle claqua la porte blindée derrière elle, verrouilla de l'intérieur, et se jeta vers le mur.

Elle ouvrit le compartiment. Le disque était là. Elle l'arracha, puis récupéra la clé cryptée accrochée à son collier. Sans réfléchir, elle inséra la clé dans une interface portable et appuya sur la commande d'urgence.

TRANSMISSION EN COURS – DESTINATION : "Réseau24 – Canal Prioritaire"

Il fallait gagner du temps. Quelques secondes.

Un des assaillants frappa la porte. Une voix rauque, déformée par un modulateur :

— Ouvre la porte, Léa. Ou on la défonce.

Elle resta immobile, fixant l'écran.

Envoi 37 %... 48 %... 66 %...

Des coups de feu à l'extérieur. Un cri. Sami ?

Elle sentit les larmes monter, mais les refoula. Pas maintenant.

82 %... 94 %...

— Je vais compter jusqu'à trois, dit la voix. Trois... Deux...

100 %.

Elle appuya sur "EFFACEMENT LOCAL". Le disque dur se mit à chauffer. Les données s'autodétruisaient. En quelques secondes, il ne resterait rien. Rien d'exploitable.

Elle déverrouilla la porte. L'homme en noir entra. Mais elle leva les mains, lentement.

— C'est trop tard. Vous avez perdu.

Il la frappa au ventre, brutalement. Puis une deuxième fois.

Elle s'écroula. Puis plus rien.

Lorsqu'elle ouvrit les yeux, elle était allongée sur un lit métallique, dans un hôpital de campagne sécurisé. Le visage flou de Sami se dessina au-dessus d'elle.

— On a eu chaud, dit-il.

— Les autres ?

— Jonas est vivant. Deux Veilleurs sont portés disparus. Le reste est sauf. Et le fichier a été reçu.

Elle cligna des yeux.

— Réseau24 ?

— En plein traitement. Ils lancent une diffusion mondiale à 20h ce soir.

Elle sourit faiblement. Malgré la douleur. Malgré les pertes.

— Alors ils ont échoué.

Sami hocha la tête. Puis il ajouta, plus grave :

— Mais ils reviendront. Ils savent que tu es l'ultime verrou.

Elle ferma les yeux un instant.

— Alors il faut qu'on tienne. Encore un peu. Juste assez pour que la vérité vive sans nous.

Car Léa venait de comprendre une chose essentielle : **ils pouvaient la frapper, la traquer, la faire taire.**
Mais ils ne pourraient plus **arrêter ce qu'elle avait lancé.**

Le monde savait.

Et la peur avait changé de camp.

Chapitre 15 : L'Alliée Inattendue

Le rendez-vous avait été fixé dans un ancien monastère désaffecté, à mi-chemin entre Annecy et Genève. Un lieu hors du temps, hors des réseaux, hors du monde. Léa, encore convalescente, avait quitté Paris à l'aube dans un véhicule banalisé, escortée par deux membres discrets du collectif Les Veilleurs. Elle ne savait pas à quoi s'attendre. On lui avait seulement dit : **"Elle veut parler. Et elle veut que ce soit à toi."**

À son arrivée, le silence régnait. Une brume légère rampait au sol, enveloppant les vieilles pierres. Des statues érodées semblaient les observer alors qu'ils pénétraient dans la nef, transformée en salle de réunion clandestine.

Au fond, une femme les attendait, debout, droite, drapée dans un manteau noir. Elle portait un chapeau à large bord qui masquait partiellement son visage. Mais Léa la reconnut aussitôt.

Sophie Launay. Ancienne députée écologiste, ex-candidate à la présidentielle, marginalisée pour ses positions radicales contre les institutions et son obsession jugée paranoïaque pour ce qu'elle appelait "le gouvernement de l'ombre".

Pendant des années, on s'était moqué d'elle. On l'avait discréditée. Écartée. Mais aujourd'hui, à la lumière des révélations, **elle avait eu raison avant tout le monde.**

— Merci d'être venue, dit-elle simplement en s'approchant.

— C'est moi qui devrais vous remercier, répondit Léa, méfiante mais intriguée. Je pensais que vous aviez quitté le pays.

— J'y ai pensé. Mais je n'ai pas combattu dix ans pour m'enfuir au moment où la vérité émerge.

Léa l'observa. Elle avait changé. Plus maigre, le visage marqué, mais les yeux... toujours aussi vifs.

— Pourquoi maintenant ? demanda Léa.

— Parce que j'ai gardé des choses. Des preuves. Des documents. Et parce qu'on m'a trop fait taire pour que je me taise encore. On m'a ruinée, salie, surveillée. Mais je suis toujours là. Et je n'ai plus rien à perdre.

Elle sortit un dossier relié, épais, jauni sur les bords.

— Tout ça, je l'ai récupéré lors d'une mission parlementaire en 2014, au sein d'un comité fantôme chargé de "l'analyse des systèmes de renseignement automatisés". En réalité, on étudiait les restes numériques de Phénix. J'ai copié ce que j'ai pu. À l'époque, je n'en comprenais pas toute la portée. Aujourd'hui, si.

Léa feuilleta les premières pages. Des comptes rendus confidentiels. Des analyses comportementales. Des fiches de suivi psychologique. Des correspondances codées entre anciens membres du programme.

— Il y a des noms ici que personne n'a encore révélés, souffla-t-elle.

— Parce qu'ils sont intouchables, répondit Sophie. Des magistrats. Des chefs d'entreprise. Des journalistes. Des syndicalistes. Tous calibrés, formés, intégrés dans le paysage public. Le programme n'a pas créé des soldats. Il a créé des **références sociales**. Des totems.

— Et vous êtes sûre de l'authenticité de tout ça ?

— Je l'ai recoupé, chiffré, protégé. Mais ce n'est pas moi qui dois le faire exploser. C'est vous. Moi, je suis grillée. Vous, vous êtes écoutée.

Léa prit une inspiration. Ce dossier était **la pièce manquante**. Le lien entre les institutions visibles et les mécanismes invisibles. Avec ce témoignage, ce contenu, la narration officielle allait s'effondrer.

— Vous savez ce qu'ils feront quand ils découvriront que vous avez parlé ?

— Ils essaieront de me faire passer pour folle. Encore. Ou de me faire taire. Mais cette fois, j'aurai laissé assez de traces pour qu'ils échouent.

Elle tendit une clé USB à Léa.

— Vous y trouverez aussi une série de vidéos. Des entretiens que j'ai enregistrés avec d'anciens membres. Certains sont morts depuis. Mais leurs paroles restent. Des visages, des aveux. Le poids du réel.

Léa prit la clé avec précaution.

— Pourquoi moi, Sophie ? Vous auriez pu choisir n'importe quel média.

— Parce que vous êtes la seule à avoir résisté. À avoir encaissé. À avoir continué. Et surtout, parce que vous n'avez pas peur de perdre. Or c'est la seule condition pour qu'on puisse gagner.

Elles se fixèrent un instant, dans le silence glacé du monastère. Une trêve tacite entre deux femmes brisées mais debout.

— Et maintenant ? demanda Léa.

— Maintenant, vous faites ce que vous savez faire : **révéler**. Moi, je retourne dans l'ombre. Là où ils ne m'attendent plus.

Elle remonta son col, remit son chapeau, puis s'éloigna sans un mot.

Léa la regarda disparaître dans la brume. Elle serra la clé USB contre sa poitrine.

Elle venait de recevoir **l'arme ultime**. Le témoignage d'une paria redevenue lanceuse d'alerte. Une alliée inattendue, certes, mais désormais **incontournable**.

Et elle savait que ce nouvel élément allait **faire trembler les derniers bastions du mensonge**.

Chapitre 16 : Le Coup de Force

Il était 02h17 du matin lorsque le fourgon utilitaire blanc franchit les grilles du parking souterrain du **Centre National des Archives Stratégiques**, situé dans un quartier discret de Vincennes. Officiellement, l'endroit n'abritait que des documents d'intérêt historique à vocation diplomatique. Officieusement, c'était **le sanctuaire des secrets de l'État**. Ce que peu savaient, c'est qu'une aile entière du bâtiment était protégée par un réseau intranet fermé, accessible uniquement par des identifiants biométriques détenus par moins de vingt personnes en France. Parmi ces personnes, **l'une était tombée**. Et elle avait parlé.

L'Alliance des Ombres, sous la direction de Pierre Dumas, avait conçu cette opération depuis dix jours. Une extraction chirurgicale. Pas de sang. Pas de bruit. Mais une efficacité absolue. L'objectif : pénétrer dans les archives sécurisées, extraire une série de dossiers codés — les plus sensibles de l'Opération Phénix — et les sécuriser dans un serveur situé à l'étranger, prêt à publier automatiquement les données si l'un des membres de l'opération était arrêté ou tué.

L'équipe était composée de six membres.

Léa, malgré les réticences, avait insisté pour participer. Ce n'était plus seulement son enquête. C'était sa guerre.

Sami, toujours derrière les écrans, supervisait à distance l'ensemble de la mission, depuis un camion de surveillance garé dans une ruelle voisine.

Jade, ancienne capitaine de gendarmerie radiée, gérait la sécurité physique du groupe, avec une précision de militaire.

Scarabée, le hacker masqué, préparait l'infiltration numérique du système de contrôle d'accès.

Et enfin, deux agents logistiques, ex-douaniers reconvertis dans l'activisme, étaient chargés de la fuite.

À 02h24, la première barrière fut franchie.

La porte du service de maintenance s'ouvrit sans résistance. L'un des membres du groupe portait une combinaison officielle d'entretien. Badge volé, visage partiellement masqué. Aucun garde ne réagit. Tout avait été minutieusement préparé. Les horaires des rondes. Les angles morts des caméras. La liste des agents de sécurité de nuit.

À 02h36, ils atteignirent la **salle A3N-22**, un bunker en sous-sol protégé par une porte blindée à reconnaissance palmaire et vocale.

— Scarabée, à toi de jouer, murmura Léa à son oreillette.

— Trente secondes.

Les doigts dansaient sur le clavier. Une voix synthétique surgit dans le micro du dispositif.

"Veuillez décliner votre identité."

Scarabée lança une boucle audio captée deux semaines plus tôt sur l'un des anciens administrateurs du site.

"Commandant Jacques Lemoine, autorisation spéciale niveau Sigma."

Le silence dura trois secondes.

"Accès autorisé."

Le verrou s'enclencha. La porte s'ouvrit lentement, dans un bruit sourd.

À l'intérieur, des centaines de caissons alignés. Mais l'équipe savait exactement où chercher : **zone rouge, section B-07.**

Léa s'en approcha, les mains tremblantes malgré l'adrénaline. Elle ouvrit un caisson. À l'intérieur : **les enregistrements audio des** réunions confidentielles de la cellule Phénix, tenues dans les années 2000 au sein même du ministère de l'Intérieur.

Des voix reconnaissables. Des noms. Des ordres.

— C'est réel, souffla-t-elle. On les a.

Jade ouvrit le deuxième caisson. Des dossiers papier, estampillés **"Dossiers dormants"** : des profils de recrues. Des fiches d'analyse comportementale. Des diagnostics de dissociation mentale. Des lettres de mission. Certains noms encore actifs. Certains morts.

— On embarque tout, dit Pierre.

Mais alors qu'ils sécurisaient les fichiers dans des mallettes métalliques, **une alarme silencieuse s'activa.** Pas un son. Juste un signal crypté envoyé au ministère de l'Intérieur.

— Sami, on a une fuite ? demanda Pierre.

— Négatif. Quelqu'un a ouvert une ligne en interne. Une alerte a été déclenchée manuellement.

— Une taupe ?

— Possible. Ou un système dormant qui s'est réveillé.

— Il faut sortir. Maintenant.

Ils prirent les deux mallettes, effacèrent les logs de connexion, et entamèrent la fuite par un tunnel de maintenance repéré en amont. Mais à la sortie, un fourgon noir attendait.

Des hommes en civil. Armés. Pas de brassards.

— Ils savent, murmura Jade. On est tombés dans un guet-apens.

Pierre dégaina son pistolet, mais Léa l'arrêta net.

— Pas de violence. S'ils ouvrent le feu, on est perdus.

Mais au lieu de tirer, l'homme en tête s'avança.

— Vous êtes Léa Moreau ?

— Qui le demande ?

— Nous sommes… de votre côté. Il est temps que vous connaissiez **la deuxième Alliance.**

Un silence stupéfait.

— Quoi ?

— Il y a d'autres résistants. Plus anciens. Plus discrets. Vous venez de déclencher une onde de choc. Vous n'êtes pas seuls. Suivez-nous. Il faut que vous viviez assez longtemps pour publier ce que vous venez de récupérer.

Jade hésita.

— On a cinq secondes pour choisir, murmura-t-elle.

Pierre regarda Léa. Elle hocha la tête.

— On les suit.

Ils montèrent dans le fourgon. Et s'éloignèrent dans la nuit.

Le **coup de force avait réussi.**

Mais ce n'était que le début. Car désormais, les preuves étaient prêtes à être révélées. Et le compte à rebours venait de commencer.

Chapitre 17 : La Nuit de l'Assaut

Paris, 2h07. Une nuit opaque, sans lune, où même les réverbères semblaient retenir leur lumière. La ville dormait d'un sommeil nerveux, traversée de tensions silencieuses. Mais dans les profondeurs de ses artères les plus secrètes, **la guerre venait de commencer.**

Dans une pièce sans fenêtre d'un immeuble administratif rue de Lille, **le centre de commandement de l'Opération Phénix** battait encore. Un étage entier, hors registre, réservé à une cellule occulte composée de cinq figures-clés du programme. Des anciens. Des stratèges. Des survivants du système qui, malgré les révélations, restaient **convaincus qu'ils tenaient encore les rênes.**

Ils avaient lu les derniers dossiers. Vu les extraits des fuites. Connu les noms de ceux qui s'étaient retournés contre eux. Léa Moreau, Pierre Dumas, Sophie Launay. L'Alliance des Ombres.

Et ce soir, ils allaient frapper. Nettoyer. Réinitialiser.

Mais ce qu'ils ignoraient, c'est que **quelqu'un les devançait.**

À 2h13, dans les égouts sous le 7e arrondissement, un groupe de dix personnes progressait en silence. Tenues noires, visages dissimulés, armes non létales. À leur tête : **Jade**, l'ancienne capitaine, désormais chef d'unité de terrain de l'Alliance.

— Cible en ligne. Trois minutes d'impact, souffla-t-elle dans son micro.

Depuis un fourgon stationné à l'arrière du bâtiment, Sami transmettait les images thermiques en temps réel.

— Cinq signatures confirmées dans le noyau. Deux gardes en rotation dans les couloirs. Aucun mouvement suspect en périphérie. On a la fenêtre.

Dans un immeuble voisin, Léa observait la scène à travers des jumelles infrarouges. Elle n'avait pas le droit d'agir. Pas ce soir. Pas cette fois. Mais elle avait insisté pour être là. **Elle voulait voir la bête tomber.**

À 2h17, la trappe du sous-sol sauta silencieusement. Trois unités pénétrèrent le bâtiment. Les couloirs étaient calmes, presque paisibles. Les alarmes avaient été désactivées en amont grâce à Scarabée. Les caméras, noyées dans une boucle d'images vides.

Dans la salle de contrôle, les cinq figures du programme poursuivaient leur réunion. Le plus âgé, **le colonel Thibault Mercier**, ancien coordinateur du ministère de l'Intérieur, parlait d'une voix basse.

— Il faut activer la cellule dormante à Bruxelles. Et liquider l'ensemble des témoins sous surveillance. Léa Moreau ne doit pas passer la semaine.

Mais à l'instant même où il prononça ces mots, **la porte explosa** sous la pression d'un dispositif à ouverture rapide. Des silhouettes surgirent dans la fumée. Ordres criés. Corps plaqués au sol. Armes désarmées. Résistance inexistante. Les dignitaires du programme, habitués à la guerre de l'esprit, ne savaient pas se battre dans la boue.

En trente-deux secondes, **l'Opération Phénix était décapitée.**

Mais ce n'était pas fini.

À l'autre bout de Paris, dans un entrepôt discret du XIIIe arrondissement, **une deuxième équipe** menait un assaut simultané contre un data-center privé hébergeant les dernières copies numériques du programme : vidéos de formation, listes de cibles, schémas psychologiques.

Les serveurs étaient protégés par une société de sécurité privée. Mais ils n'avaient pas prévu que **l'attaque viendrait de l'intérieur.**

Parmi les agents en poste cette nuit-là, deux étaient membres dormants de l'Alliance. En dix minutes, les portes furent ouvertes, les données copiées, les serveurs vidés. Au moment où les renforts arrivaient, **il ne restait rien.** Juste une phrase taguée sur le mur :

"L'oubli est fini."

À 3h04, toute la ville de Paris semblait figée dans une brume électrique. Aucun média n'en parlait encore. Mais dans les cercles du pouvoir, **l'information circulait déjà.**

Cinq figures de Phénix arrêtées. Trois autres en fuite. Deux centres de données neutralisés. Des documents récupérés. **Un système à terre.**

Julien Marceau, réveillé en sursaut dans les appartements présidentiels, reçut l'appel à 3h11.

— Ils ont frappé, dit son chef d'état-major. Et ils ont réussi.

— Qui ? demanda-t-il.

— Vos ennemis… ou vos sauveurs. Cela dépend de ce que vous ferez ensuite.

Il raccrocha sans répondre. Il savait que désormais, **plus rien ne serait comme avant**.

À 3h47, Léa descendit de son observatoire. Elle marcha seule dans une rue encore humide. Elle avait vu les hommes capturés. Les visages déchus. Les légendes détrônées. Elle n'éprouvait ni joie ni triomphe. Juste un poids qui se détachait lentement de sa poitrine.

Elle croisa son reflet dans une vitrine. Fatiguée. Amaigrie. Mais encore debout.

Elle murmura :

— Une nuit. Il aura suffi d'une seule nuit… pour renverser trente ans de silence.

Mais au fond d'elle, elle savait que ce n'était pas fini.

Car une bête comme Phénix ne meurt pas en une nuit.

Elle se cache. Elle se transforme. Et parfois… elle renaît.

Alors elle marcha. Encore. Vers la prochaine vérité.

Chapitre 18 : Le Sacrifice Ultime

Le silence dans la salle souterraine était si épais qu'il semblait absorber l'air lui-même. Les murs tremblaient par moments sous l'effet des interférences. Des alarmes sourdes, cryptées, retentissaient à l'étage supérieur. Et au cœur de ce chaos discret, **Sami** courait contre la montre.

Il était penché sur le dernier terminal sécurisé, les doigts tremblants, sa chemise trempée de sueur, les yeux rouges d'avoir fixé des écrans sans relâche pendant vingt heures. Devant lui, sur l'écran, une fenêtre clignotait :

"Connexion perdue avec le serveur relais. Risque d'interruption critique des données."

— Ça ne va pas, murmura-t-il à Léa, restée près de la porte, le souffle court. Ils ont trouvé le point d'accès. Le signal est en train d'être bloqué. Ils vont verrouiller la transmission. Et si ça arrive, tout ce qu'on a récupéré… tout ce qu'on a risqué… ça part en fumée.

Léa se précipita vers lui.

— Tu peux le relancer ? Trouver un autre canal ?

Sami secoua la tête.

— Il y a une dernière option. Une transmission directe, sans relais. Mais il faut que quelqu'un reste ici pour maintenir manuellement le flux. Pendant ce temps-là, les autres doivent évacuer. Et quand la ligne sera établie… je détruirai les serveurs à la main. Ce sera un point de non-retour.

— Alors on le fait, dit Léa aussitôt. On le fait ensemble.

Mais il se leva, brusquement, et la fixa avec une intensité nouvelle.

— Non. **Toi, tu t'en vas.**

— Sami…

— Tu es la voix. Tu es celle qu'ils écoutent. Tu es celle que les gens croient. Moi… je suis un nom de fond d'écran. Un pirate. Un fantôme. J'ai toujours été dans l'ombre. C'est ma place. Et ce soir, c'est là que je reste.

— Tu ne peux pas… Tu n'as pas besoin de…

— Si. J'ai besoin. Parce que je suis fatigué de courir. Fatigué de voir des gens mourir pour une vérité qui s'efface à chaque ligne de code. Ce soir, elle ne s'effacera pas.

Il se tourna vers Jade, qui venait d'entrer, l'arme au poing.

— Le cordon est sécurisé. Trois minutes avant l'assaut. On doit partir maintenant, lança-t-elle.

Sami saisit une clé USB, la plaça dans la poche de Léa, puis posa ses mains sur ses épaules.

— Tu te souviens de ce qu'on disait au début ? "Tant que quelqu'un regarde, ils ne gagnent pas."

— Je m'en souviens, murmura-t-elle, les larmes montant.

— Alors continue à regarder. Jusqu'au bout.

Il embrassa rapidement son front, puis la poussa doucement vers la sortie.

— Va.

Léa recula, hésita, mais Jade la tira en arrière. Elle cria son nom, une fois. Il ne se retourna pas.

À 03h18, Sami referma la porte blindée derrière eux. Il la verrouilla. Puis il se rassit devant la console, reprit la transmission manuelle. Les chiffres défilèrent. Le transfert se stabilisa.

Mais dans le couloir, les bruits de bottes se rapprochaient. **Les forces spéciales de l'État profond**, ou ce qu'il en restait, avaient lancé une ultime offensive. Ils voulaient récupérer ce que l'Alliance avait pris.

Sami ne bougea pas.

À 03h24, il activa le protocole final : **"Détonation numérique"**. Un système qu'il avait conçu lui-même. En cas de perte de contrôle, tous les serveurs du bunker s'autodétruiraient électroniquement. Plus aucun accès. Plus aucun retour en arrière.

Sur l'écran, une dernière ligne apparut :
"Transfert terminé. Vérité en ligne."

Il ferma les yeux, un sourire discret sur les lèvres.

Puis il appuya sur le bouton rouge.

L'explosion fut contenue. Pas de flammes. Pas de sang. Juste un souffle, un choc, un effondrement technologique. Et dans son cœur, **un homme**, mort pour que la vérité vive.

Léa, depuis la voiture lancée à pleine vitesse, sentit le souffle dans le sol. Elle n'eut pas besoin de demander.

Jade posa une main sur son bras.

— Il l'a fait.

Léa ferma les yeux, les poings serrés contre sa poitrine.

Ce soir, elle avait perdu un frère. Un allié. Un combattant.

Mais grâce à lui, **le monde avait gagné un témoin.**

Et dans le cœur du réseau, sur les écrans du monde entier, les premiers extraits du Dossier Phénix s'affichaient.

Sami était parti.

Mais sa lumière, désormais, **était partout.**

Chapitre 19 : La Conférence de Presse

Le silence régnait dans la salle des fêtes de l'Élysée. Pas celui des cérémonies, feutré et solennel. Mais un silence tendu, chargé, lourd de regards, de micros pointés, de caméras allumées, d'attentes suspendues. Des journalistes du monde entier remplissaient chaque recoin de la pièce. CNN, BBC, Al Jazeera, RFI, TF1, France 2, même des médias chinois et russes. Tous savaient qu'ils étaient sur le point d'assister à **un moment historique**. Une brèche dans le marbre de la République. Une secousse d'État.

Il était 20h03.

Julien Marceau, le visage tiré, la mâchoire serrée, s'avança seul vers le pupitre. Pas de drapeau en fond. Pas d'hymne. Pas de fanfare. Rien que lui, la lumière crue des projecteurs, et **la vérité qui allait enfin sortir de l'ombre.**

Il posa ses deux mains sur le bois du pupitre, respira profondément, et commença.

— Mesdames et messieurs, chers compatriotes, citoyens de France et du monde, je m'adresse à vous ce soir non pas comme Président de la République, mais comme un homme. Un homme que l'on a trompé, un homme qui a douté, un homme qui a trop longtemps espéré que le silence préserverait l'ordre. Ce soir, je vous dois la vérité.

Un murmure traversa la salle. Julien leva un regard clair, presque douloureux, vers les caméras.

— Depuis plusieurs semaines, notre nation est confrontée à une crise sans précédent. Un scandale que certains appellent Phénix. Un réseau d'influence, de manipulation, d'infiltration, conçu dans les années 90 pour servir les intérêts de l'État... et qui a dévié vers une forme de pouvoir parallèle, autonome, hors de tout contrôle démocratique.

Il marqua une pause. Dans la salle, aucun mouvement. Même les respirations semblaient suspendues.

— Je confirme l'existence de ce programme. Je confirme que des agents ont été formés pour intervenir dans les sphères politique, médiatique, militaire et économique. Je confirme que certaines de ces personnes ont servi, parfois sans en avoir conscience, des objectifs qui ne relevaient ni du peuple, ni de la loi.

Un écran géant s'alluma derrière lui. **Des visages apparurent**. Des noms. Des extraits de documents. Des photos d'archives. **Des preuves.** La salle explosa d'un frisson collectif. Certains journalistes ouvrirent la bouche, stupéfaits. D'autres pianotaient déjà à toute vitesse sur leurs claviers. C'était réel. Officiel. Irréfutable.

Julien reprit, d'une voix grave :

— Ce que vous voyez là est le fruit du travail de plusieurs lanceurs d'alerte, de journalistes, de résistants. Des hommes et des femmes qui ont risqué, parfois donné leur vie pour que cette vérité soit révélée. Parmi eux, je salue la mémoire de Sami, tombé il y a quelques jours pour protéger ces preuves. Son nom restera à jamais gravé dans l'histoire.

Il inspira profondément.

— J'ai reçu, il y a peu, une lettre. Une lettre d'Élisabeth Marceau, mon épouse, aujourd'hui disparue. Cette lettre, que je n'ai pas encore rendue publique, confirme ce que vous soupçonnez : elle fut une recrue du programme Phénix. Une recrue qui, comme tant d'autres, a tenté de reprendre le contrôle de sa vie. Je ne la défendrai pas. Je ne la condamnerai pas non plus. Je dirai simplement ceci : ce système a brisé des êtres avant de trahir une nation.

L'écran changea à nouveau. Cette fois, **des extraits vidéo** issus du dossier de Sophie Launay. Des aveux. Des témoignages. Des documents signés. Chaque image était une gifle pour ceux qui avaient encore des doutes.

Julien leva les mains.

— En tant que Président, j'assume ma responsabilité. J'aurais dû voir. J'aurais dû agir plus tôt. J'aurais dû écouter ceux qu'on appelait fous, ou extrémistes. Aujourd'hui, je ne me bats pas pour rester en fonction. Je me bats pour que la République ne s'effondre pas sous ses propres mensonges.

Il fixa à nouveau l'objectif. Plus déterminé que jamais.

— Dès demain, un comité indépendant de juristes et de citoyens sera chargé d'instruire les responsabilités civiles, politiques et pénales liées à cette affaire. Les institutions seront purgées. Les élections seront protégées. Et **la vérité, toute la vérité, sera rendue au peuple.**

Il fit une pause finale.

— Car la démocratie ne se mesure pas à la perfection de ses dirigeants, mais à leur capacité à se relever, à reconnaître, à réparer.

Il quitta le pupitre, sans questions. La salle éclata en cris, en bousculades, en flashes. Mais Julien ne répondit à rien. Il avait dit ce qu'il devait dire. Et il savait qu'il venait d'**ouvrir une brèche dans le mur du mensonge**.

À quelques rues de là, dans un appartement discret, Léa regardait l'intervention sur un écran, entourée de survivants de l'Alliance. Jade, Pierre, Fatou, Sophie. Aucun mot. Juste des larmes. De fatigue. De soulagement. D'un peu d'espoir.

— On a réussi, murmura Jade.

Léa secoua lentement la tête.

— Non. **Le peuple vient juste de se réveiller.** Le combat commence maintenant.

Et quelque part, dans une chambre obscure, une femme en manteau noir regardait la même scène. Elle sourit. Tristement. **Claire Dubois venait d'assister à sa propre résurrection.**

Chapitre 20 : La Chute du Masque

Le soleil se levait lentement sur Paris, peignant de nuances dorées les façades haussmanniennes encore engourdies. Mais en ce matin-là, **la lumière révélait plus qu'elle n'éclairait**. Dans les rues, les journaux s'arrachaient, les écrans diffusaient en boucle les extraits de la conférence de presse, les réactions d'experts, les cris de stupeur et les débuts de manifestations. Partout, une même question palpitait : *jusqu'où la vérité ira-t-elle ?*

La réponse ne tarda pas.

À 07h42, un message vidéo apparut simultanément sur **les réseaux, les plateformes sécurisées, les chaînes d'information indépendantes**. Un enregistrement anonyme, balancé depuis une adresse chiffrée, précédé de cette phrase :

"La vérité n'a pas besoin de drapeau. Seulement de lumière."

Le visage qui apparut à l'écran était celui d'une femme. Maturité discrète, cheveux tirés en arrière, regard droit, calme, sans fard. Elle ne portait ni maquillage, ni filtre. Juste un manteau gris et **une voix qui allait tout faire basculer**.

— Je suis Claire Dubois. Vous me connaissez sous un autre nom. Élisabeth Marceau. Ancienne Première Dame de France. Ancienne recrue de l'Opération Phénix.

Le pays entier retint son souffle.

— Pendant plus de vingt ans, j'ai vécu sous un nom qui n'était pas le mien, dans une vie que je n'ai pas choisie. J'ai été façonnée pour plaire, infiltrée dans les plus hautes sphères du pouvoir. Je suis entrée dans la vie de Julien Marceau par stratégie. Mais j'y suis restée par amour. Et ce mélange-là, entre mensonge et vérité, m'a lentement détruite.

Elle marqua une pause, la gorge nouée.

— Aujourd'hui, je ne cherche ni rédemption, ni pardon. Je cherche la vérité. La mienne. Et celle de ce pays que j'ai appris à aimer malgré la manière dont on me l'a imposé.

Elle leva lentement une main, révélant une clé USB entre ses doigts.

— Voici les derniers dossiers. Les plus sensibles. Ceux que personne n'a encore vus. Ce sont les documents de fondation de l'Opération Phénix. Les signatures originelles. Les décrets classés "hors Constitution". Les protocoles de recrutement. Et les noms des **instigateurs**, encore vivants, encore influents.

Un écran secondaire apparut. Des scans de documents ultra-confidentiels. Des procès-verbaux ministériels, des lettres manuscrites, des transcriptions de réunions secrètes. Parmi les signataires : **trois anciens Présidents de la République, deux Premiers ministres, des généraux, des hauts magistrats, des patrons de presse.**

Puis elle ajouta :

— Ce système n'était pas une dérive. C'était un projet. Pensé. Calculé. Délibéré. Il a survécu à toutes les alternances politiques. Il s'est habillé de tous les discours, de gauche comme de droite. Et moi… j'ai été son visage le plus soigné.

Elle baissa les yeux un instant. Une larme silencieuse roula sur sa joue. Puis elle se redressa.

— Aujourd'hui, je ne suis plus Élisabeth. Je ne suis plus la Première Dame. Je suis **le dernier masque du système**. Et je choisis de le faire tomber.

L'écran devint noir.

Puis un mot apparut, en lettres capitales :

"PHÉNIX EST MORT."

Dans les minutes qui suivirent, **le choc fut mondial**. Les documents furent authentifiés par des experts. Les chaînes d'info perdirent tout filtre. Les rédactions en ligne explosèrent sous le poids des connexions. Les réseaux sociaux devinrent un champ de bataille entre stupeur, colère, panique et exaltation.

Le masque était tombé. Définitivement.

À l'Assemblée, une session extraordinaire fut convoquée. À l'Élysée, Julien Marceau, assis dans son bureau, regardait en boucle la vidéo. Il ne pleurait pas. Il ne parlait pas. Il était immobile, pétrifié.

— Elle l'a fait, dit-il enfin. Elle l'a vraiment fait…

Son chef de cabinet murmura :

— Les gens... ils veulent un nouveau pacte. Plus qu'une explication. Ils veulent la fin de cette époque.

Julien acquiesça lentement.

— Alors donnons-la-leur.

Partout en France, les citoyens descendaient dans la rue. Pas pour protester. Pas encore. Mais pour **regarder, ensemble, les murs de la République trembler.** Des écrans géants dans les places. Des veillées silencieuses. Des affiches "Je suis Claire" collées sur les murs.

Léa Moreau, depuis son refuge sécurisé, regardait les chiffres défiler : téléchargements, partages, commentaires. Des centaines de millions de vues. **Le plus grand dévoilement d'un système d'État dans l'histoire de la démocratie occidentale.**

Elle ferma les yeux.

Le combat n'était pas fini. Mais **le mensonge venait de perdre son visage.**

Et dans les livres d'histoire, on écrirait peut-être un jour :

"Ce matin-là, la France s'est réveillée sans son masque."

Chapitre 21 : Les Répliques du Séisme

Le soleil ne s'était pas encore levé sur la façade de l'Assemblée nationale que déjà, une cohue inhabituelle agitait les marches de l'institution. Des journalistes encerclaient les voitures noires, les flashes crépitaient comme des coups de tonnerre, et les cris de la foule — « Justice ! Vérité ! » — résonnaient entre les colonnes de la République.

La **conférence de presse du Président Julien Marceau**, suivie quelques heures plus tard par la **déclaration explosive de Claire Dubois**, avait libéré une onde de choc si violente que **les fondations mêmes du pouvoir en vacillaient**.

À 05h43, le ministre de l'Intérieur annonça sa **démission en direct**, invoquant « une responsabilité morale face à l'aveuglement collectif ».

À 06h22, deux juges du Conseil constitutionnel firent savoir qu'ils se **retiraient temporairement de leurs fonctions**, pour « préserver l'indépendance de l'institution face à la suspicion ».

À 07h05, l'un des plus influents directeurs de rédaction de la presse nationale fut **suspendu par son propre conseil d'administration**, après que son nom apparut dans une note confidentielle comme "acteur indirect de désinformation contrôlée".

Et à 08h précises, **la ministre des Armées**, l'une des plus populaires du gouvernement, remit une lettre manuscrite au président en personne. Dans un silence glacial, elle déclara :

— J'ai servi avec loyauté, mais je ne peux diriger une armée dont une partie a été formée à l'insu de ses généraux.

Julien Marceau la regarda longuement avant de répondre, simplement :

— Merci d'avoir eu le courage que d'autres n'auront jamais.

Dans la rue, **la colère se mêlait à la sidération.**

Les manifestants s'étaient d'abord regroupés sur la place de la République, puis autour de Matignon, puis devant l'Élysée. Des cortèges se formaient spontanément, certains silencieux, d'autres bruyants, mais tous portés par une même phrase devenue virale : **« On veut savoir. Tout. Maintenant. »**

Des pancartes brandissaient les visages des recrues connues, identifiées par les fuites : des journalistes, des cadres administratifs, des professeurs, des experts médiatiques. Chaque nom révélé était un electrochoc. Des idoles devenues des imposteurs.

La foule n'était pas simplement en colère. Elle était **dépossédée.** Elle avait été gouvernée, conseillée, informée, éduquée... **par des marionnettes.**

Et maintenant, **elle voulait reprendre les fils.**

À l'intérieur de l'Élysée, **le Conseil de défense extraordinaire** convoqué dans l'urgence ressemblait plus à un champ de ruines qu'à un gouvernement.

Le Premier ministre s'adressa à Julien, debout, livide :

— On ne tient plus. On n'a plus l'écoute du peuple, ni la crédibilité de l'international. La presse ne nous respecte plus. L'armée hésite à suivre nos ordres. La rue est en fusion.

Julien fixait un point invisible.

— Vous proposez quoi ? Un gouvernement provisoire ? Un gouvernement d'union nationale ? Une démission collective ?

Le ministre des Affaires étrangères, usé, haussa les épaules.

— On n'a plus le choix. Il faut évacuer l'orgueil. Et choisir la survie de l'État. Ou la République va s'effondrer sur nous tous.

Julien se leva, les poings crispés.

— C'est parce qu'on a cédé à la peur que cette République a accouché de Phénix. Cette fois, elle doit accoucher de vérité. Même si elle saigne.

Il regarda ses ministres un par un.

— Je ne veux pas qu'on survive. Je veux qu'on se relève.

À 11h42, dans une allocution brève, Julien Marceau annonça **la dissolution immédiate du gouvernement**, la mise en place d'un **comité civique de refondation démocratique**, composé de magistrats, de citoyens, de journalistes d'investigation, et de représentants de la société civile. Il promit **des élections anticipées**, sous la surveillance d'observateurs internationaux, et l'ouverture de **toutes les archives de l'État liées au programme Phénix**.

Cette annonce mit le feu aux poudres.

— C'est trop tard ! criaient certains manifestants.

— C'est un début ! répondaient d'autres.

— Il essaie de sauver sa peau ! lançaient les plus radicaux.

Mais tous s'accordaient sur une chose : **quelque chose avait basculé**. Un avant. Un après.

Dans un studio clandestin de la banlieue parisienne, Léa Moreau regardait les images en direct. Elle ne parlait pas. Autour d'elle, les membres survivants de l'Alliance observaient le chaos avec un mélange d'amertume, de soulagement et d'appréhension.

— On a ouvert la faille, murmura Pierre.

— Oui, répondit Léa. Maintenant il faut empêcher qu'on la rebouche avec un autre mensonge.

Car si la vérité était tombée sur la France comme un séisme, **les répliques, elles, venaient à peine de commencer.**

Chapitre 22 : L'Affrontement Parlementaire

L'hémicycle de l'Assemblée nationale n'avait jamais été aussi tendu. Il était 15h04 lorsque la séance exceptionnelle s'ouvrit, retransmise en direct sur toutes les chaînes. La lumière crue des projecteurs accentuait les visages marqués, les fronts perlés, les regards durs. Sur les bancs, les députés s'étaient installés dans un silence chargé d'électricité. Tous savaient que ce qui se jouerait aujourd'hui dépasserait le clivage habituel. **Il s'agissait de juger la légitimité d'un système entier.**

À la tribune, le Président de séance frappa trois coups secs de son marteau.

— L'ordre du jour est unique : débat sur le maintien du chef de l'État et sur la continuité des institutions à la suite des révélations liées à l'Opération Phénix.

Les premiers mots furent posés par **le député Gaudin**, figure de l'opposition républicaine, redouté pour son éloquence acerbe. Il se leva lentement, ses feuilles à la main.

— Mes chers collègues, mesdames et messieurs les représentants du peuple, nous sommes aujourd'hui au bord du gouffre. Le Président Marceau nous a regardés en face, a reconnu les faits. Et pour cela, je lui reconnais une forme de courage. Mais ce courage n'efface pas la **trahison d'un silence**, ni la contamination d'un pouvoir par des forces souterraines. La France mérite mieux. Elle mérite un acte fort. Elle mérite une **démission immédiate**.

Un tonnerre d'applaudissements éclata sur les bancs de l'opposition. Des huées montèrent à gauche. La bataille commençait.

La députée Leïla Kadour, proche de la majorité, se leva à son tour. Sa voix tremblait légèrement, mais ses mots étaient nets.

— Vous parlez de trahison, mais que proposez-vous ? Le chaos ? Une vacance du pouvoir alors que nous venons à peine de dévoiler l'ampleur d'un programme qui nous a tous dépassés ? Le président n'est pas le bourreau. Il est l'un des survivants d'une machination. Il a fait ce que personne d'autre n'a eu le courage de faire : **il a ouvert les archives**. Il a exposé ses propres faiblesses au monde. Et cela, dans une démocratie, ça s'appelle **de la responsabilité**.

Des murmures d'approbation se firent entendre. Des députés prenaient des notes nerveusement. La tension montait.

Un député centriste, Charles Mornet, monta à la tribune, tentant de jouer les arbitres.

— La question n'est pas de savoir si Marceau doit partir ou rester. La question est : comment restaurer **la confiance dans nos institutions** ? La réponse n'est pas dans un homme, mais dans les mécanismes. Un audit total. Une refondation constitutionnelle. Une assemblée constituante, si nécessaire. Mais pas un règlement de comptes en séance publique.

Le débat s'enflamma.

Des députés se levaient sans permission. Des cris éclataient : « Démission ! », « Manipulation ! », « Justice pour le peuple ! », « Phénix en prison ! »

Le président de séance martela la table, vainement. La salle se scinda en deux camps, non plus politiques, mais **moraux** : ceux qui réclamaient la chute immédiate de tous les responsables liés de près ou de loin au silence de Phénix, et ceux qui prônaient une sortie ordonnée, sous contrôle civique, pour ne pas alimenter le chaos populiste qui grondait déjà dans les rues.

À 17h19, **la députée Coralie Miron**, ancienne membre d'un gouvernement précédent, prit la parole. Son discours marqua un tournant.

— Il y a vingt ans, j'ai siégé dans une commission qui recevait des notes classées secret défense. À l'époque, j'ai vu passer un rapport. Un seul. Portant l'acronyme "P.X." Je n'ai pas compris ce que c'était. J'ai demandé. On m'a répondu : "Protocole expérimental." Et j'ai laissé tomber. Aujourd'hui, je me rends compte que ce silence, ce doute que je n'ai pas creusé, a peut-être contribué à ce que nous vivons. Nous sommes tous coupables. Par naïveté, par lâcheté, ou par habitude. Alors aujourd'hui, **nous devons décider non pas du sort d'un homme, mais du sort d'une époque.**

Un silence pesant suivit ses mots. Un silence qui, cette fois, ne venait pas de la peur, mais de **la prise de conscience.**

Puis, à 18h02, après six heures de débat, **un vote consultatif fut proposé** : maintien ou départ immédiat du Président de la République.

Les bulletins furent déposés. Les caméras filmèrent en silence. L'Élysée attendait. La France retenait son souffle.

À 18h46, le résultat tomba.

234 députés pour le maintien. 228 pour la destitution.

Une majorité étroite. Une légitimité fragile. Mais une décision claire : **Julien Marceau restait président.** Pour l'instant.

Mais tous, dans l'hémicycle comme dans le pays, savaient que rien ne serait plus jamais comme avant.

Car ce jour-là, **ce n'est pas un homme qu'on avait jugé.** C'était une ère. Un système. Un mythe.

Et **le Parlement, à défaut d'avoir tranché net, venait d'allumer une mèche qu'aucun ne savait encore comment éteindre.**

Chapitre 23 : L'Arrestation Fantôme

Il était 03h47 du matin lorsque les chaînes d'information annoncèrent l'arrestation surprise de **Jean-Baptiste Vauthier**, ancien colonel du renseignement intérieur, officiellement en retraite depuis huit ans, mais soupçonné depuis longtemps d'avoir dirigé une branche clandestine de l'Opération Phénix sous l'appellation « Cellule Kappa ».

Une unité d'intervention spéciale l'avait extrait de sa villa en périphérie de Bordeaux, sans violence, sans explication publique. À l'arrivée à Paris, selon les premières sources, il fut immédiatement placé **en détention administrative dans un site sécurisé relevant du ministère de l'Intérieur**, officiellement pour éviter toute fuite d'informations sensibles.

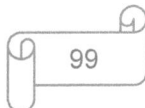

Et puis… **plus rien.**

Pas de conférence de presse.

Pas de photo d'arrestation.

Pas de signalement dans les bases judiciaires.

Pas même une ligne officielle sur le registre de garde à vue.

Jean-Baptiste Vauthier avait disparu.

Léa Moreau apprit la nouvelle douze heures plus tard, dans une salle de réunion clandestine où elle analysait les retombées du vote parlementaire avec l'équipe réduite de l'Alliance. Un message crypté lui avait été transféré par un contact anonyme :

"Le colonel Vauthier n'est plus au QG judiciaire. Ordre venu d'en haut. Transfert refusé. Aucun signal dans les systèmes. C'est une disparition, pas une arrestation. Il faut creuser."
— "S."

Léa comprit immédiatement que quelque chose d'illégal se tramait. Elle quitta la réunion sans un mot, attrapa son sac et sa veste, et disparut dans la nuit parisienne.

Le lendemain, elle obtint un rendez-vous discret avec une ancienne connaissance : **le capitaine Nora Brémont**, agent des Renseignements Généraux en disponibilité forcée depuis les premières révélations de Phénix. Nora la reçut dans un café isolé à Montreuil, lunettes noires et portable démonté.

— Tu veux savoir où est Vauthier ? dit-elle en reposant sa tasse.

— Il est où ? demanda Léa sans détour.

— Aux sous-sols du ministère, niveau -3. L'ancien complexe de l'unité Alpha. Officiellement désaffecté. Officieusement, il sert encore. Mais personne n'y rentre sans autorisation triple niveau. Ni magistrats, ni journalistes.

— Qui l'a placé là ?

— Une autorisation directe. Signée par un haut fonctionnaire dont le nom a été rayé du registre papier, puis retapé à la machine. Une vieille signature. Tu vois ce que ça veut dire ?

Léa hocha la tête, blême.

— **Quelqu'un agit depuis l'intérieur.** Depuis très haut.

— Ou très profond, corrigea Nora. Les anciens de Phénix ne sont pas tous tombés. Certains sont devenus des fantômes. Intouchables. Invisibles. Et aujourd'hui, ils se débarrassent de ceux qui pourraient encore parler.

Léa lança sa contre-enquête. Avec l'aide de Jade et de Scarabée, elle reconstitua les mouvements de Vauthier depuis son extraction. Grâce à des caméras de surveillance piratées, ils découvrirent qu'un véhicule banalisé avait quitté le QG de la DGSI à 05h02 du matin. À l'intérieur : deux agents masqués, une silhouette menottée… et **aucune escorte officielle**.

Le fourgon avait disparu sous terre. Littéralement. Dernière image : un accès de service derrière le ministère de l'Intérieur, ouvert via un badge d'autorisation "hors protocole".

— Ils l'ont planqué, souffla Scarabée. Mais pourquoi ?

Léa savait pourquoi.

Parce qu'il voulait parler.

Elle retrouva la trace d'un ancien collègue de Vauthier, **le commandant Lucien Meyrieux**, aujourd'hui reclus dans un monastère du Jura. Il accepta de la voir. Une voix tremblante, un regard d'homme rongé par les années.

— Jean-Baptiste avait gardé des copies. Des carnets. Il disait qu'il voulait tout balancer le jour où la République redeviendrait réceptive.

— Il les a envoyés ?

— Pas encore. Il m'a dit qu'il préparait une déposition. Il m'a juste confié une phrase, avant de se taire : "S'ils m'arrêtent sans te prévenir, **c'est qu'ils veulent m'effacer.**"

De retour à Paris, Léa savait ce qu'il lui restait à faire.

Elle convoqua ses contacts, récupéra un badge volé lors d'un assaut précédent, et, accompagnée de Jade, infiltra le sous-sol du ministère. Niveau -3. Couloir vide. Portes blindées. Caméras fixées sur des angles morts. Une ambiance de prison fantôme.

Ils arrivèrent devant une porte verrouillée sans nom. Une lumière rouge. Aucune plaque. Juste un code. Scarabée le leur avait envoyé.

Léa appuya. La porte s'ouvrit.

La cellule était vide.

Pas de Vauthier. Pas de lit. Pas de caméra.

Rien.

Sauf une unique feuille, posée sur une table métallique.

Léa la saisit. Une seule phrase y était inscrite à la main :

"Ce qu'on enterre revient toujours. Parce que la vérité n'a pas besoin d'oxygène pour survivre."

Elle ferma les yeux. Ils l'avaient fait disparaître. Physiquement ou mentalement, elle l'ignorait encore. Mais **ils ne contrôlaient plus le récit.**

Et désormais, la moindre disparition... devenait **une preuve de plus.**

Chapitre 24 : Le Double Jeu de Dumas

Le vent glacial de fin novembre balayait la cour intérieure du vieux manoir qui servait de quartier général provisoire à ce qu'il restait de l'Alliance. Léa, emmitouflée dans un manteau trop grand, observait les feuilles mortes tournoyer devant la porte. Elle avait l'esprit ailleurs, hantée par l'absence de Vauthier, par les zones d'ombre du ministère, par cette impression persistante que **quelque chose échappait encore à leur contrôle**.

Ce n'est que lorsque **Jade entra dans la pièce**, l'air fermé, les bras croisés, qu'elle sentit le basculement.

— On a un problème, dit-elle d'un ton qui ne laissait place à aucun doute.

— Lequel ?

Jade jeta un dossier sur la table. Un mince portefeuille cartonné, marqué d'un simple tampon :
"CONFIDENTIEL – RELECTURE INTERNE – P. DUMAS"

— C'est un extrait des archives récupérées pendant le raid du Centre National des Archives Stratégiques. On ne l'avait pas encore ouvert. Il était crypté sous une clé secondaire. Il contient des rapports... signés de Pierre. En 2012. Et 2014. À l'époque où il prétendait avoir quitté toute activité gouvernementale.

Léa fronça les sourcils. Elle ouvrit le dossier.

Des notes manuscrites. Des mémos internes. Tous adressés à une structure connue sous le nom de **"Cortex II"**, une unité ultrasecrète de coordination entre anciens réseaux de contre-espionnage.
Et au bas de chaque page, une signature claire :
"DUMAS, Pierre — conseiller stratégique, cellule Delta-Ouest."

— C'est impossible, souffla Léa. Il a toujours dit avoir tout quitté après 2010.

— Peut-être qu'il l'a dit, répondit Jade. Mais est-ce qu'il l'a fait ?

Léa attendit la nuit tombée pour confronter Dumas. Elle le retrouva dans la bibliothèque du manoir, seul, en train de relire un ouvrage de stratégie militaire napoléonienne. Il leva à peine les yeux lorsqu'elle entra.

— Tu as l'air inquiète.

— J'ai lu ça, dit-elle en posant le dossier sur la table, ouvert à la page centrale.

Pierre baissa lentement le livre. Il parcourut les documents du regard. Il ne fut pas surpris.

— Tu aurais dû attendre que je te les montre moi-même.

— Tu comptais vraiment le faire ? Ou tu attendais que ça devienne inutile ?

Il ne répondit pas tout de suite. Puis il se leva, s'approcha de la fenêtre, les mains croisées dans le dos.

— En 2012, oui, j'ai repris du service. Sous une autre forme. Pas officiellement. Le programme Phénix me terrifiait déjà. Je voulais savoir s'il avait muté. S'il survivait. Et tu sais quoi ? Il avait muté. Pire, **il s'était fondu dans les plis du pouvoir.**

— Et au lieu de nous le dire, tu as joué ton propre jeu.

— J'ai fait ce que je devais faire pour survivre. Pour comprendre. Pour rester à portée. Si je vous avais tout dit dès le début, tu ne m'aurais jamais fait confiance. Tu crois encore à la clarté, Léa. Moi, je sais que

dans ce combat, tout le monde est un pion. Et parfois, un pion doit jouer roi.

Elle le fixa. Blessée. Hésitante.

— Et maintenant ? Tu es avec nous ? Ou tu joues encore une autre partie ?

Pierre la regarda droit dans les yeux.

— Je suis avec la vérité. Pas avec toi. Pas contre toi. Avec **ce qu'il faut faire** pour que les gens comprennent que tout ce qu'ils ont cru… n'était qu'un théâtre. Si je dois mentir encore une fois pour exposer un plus gros mensonge, je le ferai.

— Tu dis ça comme un stratège. Pas comme un homme.

— Parce que je ne suis plus un homme, Léa. Pas depuis que j'ai vu ce qu'on était prêts à sacrifier pour garder le pouvoir en vie. Pas depuis que j'ai vu des enfants être formés à mentir avant même d'apprendre à lire. Pas depuis que j'ai vu Phénix survivre à **trois présidents** et **cinq majorités**.

Un silence pesant.

Puis il ajouta :

— Si tu ne peux plus me faire confiance… alors surveille-moi. Mais ne m'écarte pas. Tu n'imagines pas ce qui vient.

Léa quitta la pièce sans répondre. Son cœur était serré. Sa tête, en feu.

Elle avait toujours cru que **la vérité se tenait à l'opposé du mensonge**. Elle comprenait maintenant qu'ils avançaient parfois ensemble. Côtes à côtes. L'un masqué sous l'autre.

Et Dumas... était peut-être **le dernier masque qu'il lui faudrait faire tomber**.
Ou le seul qu'il fallait garder.
Pour gagner. À tout prix.

Chapitre 25 : Le Procès de l'État

Le Palais de Justice de Paris n'avait pas connu pareille affluence depuis les grands procès de l'Histoire. Le parvis, envahi dès l'aube, résonnait des clameurs d'une foule composite : citoyens en colère, militants en larmes, curieux tétanisés. Les drapeaux tricolores flottaient aux côtés de banderoles où l'on lisait : **"La vérité est notre droit"**, **"Plus jamais Phénix"**, **"La République doit répondre."**

À 09h00 précises, dans la salle d'audience n°1, la présidente du tribunal pénal citoyen entra. Derrière elle, six juges assesseurs tirés au sort, tous représentants d'un collectif indépendant, reconnu d'utilité publique après le vote parlementaire du mois précédent. Le parquet, lui, représentait l'État français... dans un rôle inédit : celui de **l'accusé**.

Car ce procès n'était pas ordinaire.

Il n'incriminait ni un homme, ni une organisation, mais **la structure étatique elle-même**, au nom d'une plainte déposée par **l'Association pour l'Intégrité Démocratique**, réunissant plus de 100 000 signataires et parrainée par plusieurs figures morales : magistrats retraités, universitaires, anciens résistants, et citoyens ordinaires.

L'accusation était grave.
"Complicité institutionnelle dans la manipulation démocratique, usage illégal de structures parallèles à des fins politiques, atteinte systémique au libre arbitre électoral et à la transparence républicaine."

Le nom du dossier : **"État vs Peuple — Affaire Phénix."**

Et au cœur de ce procès sans précédent, un témoin-clef avait été cité : **Léa Moreau.**

Dans les coulisses de la salle, Léa attendait. Elle n'était pas nerveuse. Pas vraiment. Plutôt habitée. Chargée d'une histoire qui, désormais, ne lui appartenait plus.

Elle était venue sans maquillage, vêtue d'un tailleur sobre. Pas en héroïne. Pas en star. En **témoin d'un système tombé sur lui-même.**

Une huissière vint la chercher. Elle entra.

Un murmure parcourut la salle. Les flashs furent interdits, mais l'impact de sa présence fut immédiat. Elle gravit les marches de la tribune des témoins, posa une main sur le code pénal posé là, et prêta serment d'une voix calme : **"Je jure de dire la vérité, toute la vérité, rien que la vérité."**

Le procureur, un homme âgé au regard d'acier, ouvrit l'interrogatoire.

— Madame Moreau. Vous avez enquêté pendant plus de deux ans sur un programme secret nommé Phénix. Vous en avez révélé les rouages, les acteurs, les intentions. Pouvez-vous nous dire, en vos mots, ce qu'était Phénix ?

— Une entreprise d'État sans nom ni visage, répondit Léa. Un programme de manipulation des identités et des récits. Il s'agissait de former des individus pour infiltrer les institutions — politiques, médiatiques, économiques — en vue de créer un pouvoir parallèle, **hors du regard du peuple.**

— Et selon vous, ce programme a-t-il été interrompu ?

— Non. Il a muté. Phénix n'a pas été démantelé, il a été **dissous dans la normalité**. On ne le voyait plus parce qu'on l'avait **absorbé**. Il n'était plus clandestin. Il était devenu structurel.

Le président du collectif citoyen se pencha vers elle.

— Avez-vous des preuves que l'État savait et a laissé faire ?

Léa hocha la tête.

— J'ai déposé ici, sous scellé, les copies des enregistrements originaux que j'ai pu sauver. Ils contiennent les voix de plusieurs anciens ministres, de deux Présidents de la République, et d'au moins cinq hauts fonctionnaires du renseignement. Tous avaient connaissance du programme. Aucun n'a tenté de l'arrêter.

Un frisson parcourut la salle. Une avocate de la défense, représentant les services de l'État, se leva aussitôt.

— Madame Moreau, vous êtes journaliste, pas juge. Ne craignez-vous pas que vos révélations, aussi spectaculaires soient-elles, relèvent davantage de l'activisme que de la rigueur juridique ?

Léa la regarda sans ciller.

— Je suis une journaliste. Mais ce sont **les documents** qui témoignent. Pas moi.

Elle sortit un carnet. Le carnet d'Élisabeth Marceau. Elle le posa doucement sur la table.

— Ce journal contient les noms, les lieux, les méthodes. Ce n'est pas un pamphlet. C'est **la mémoire d'un crime d'État.**

Un silence.

La juge présidente s'éclaircit la voix.

— Avez-vous été menacée pendant cette enquête, madame Moreau ?

— À plusieurs reprises. J'ai été traquée, blessée, manipulée. On a tué pour m'arrêter. Mais j'ai compris que la peur n'est pas un argument. Elle est **l'aveu** que l'autre détient quelque chose à cacher.

La salle fut suspendue.

— Et selon vous, qui doit être tenu responsable ?

Léa hésita. Puis répondit :

— Pas seulement ceux qui ont agi. Mais **ceux qui ont su et n'ont rien dit. Ceux qui ont regardé ailleurs. Ceux qui ont accepté, pour la paix ou la carrière, que la démocratie devienne une fiction.**

Une larme roula sur la joue d'un juge assesseur.

— Et si vous deviez résumer Phénix en un mot, lequel choisiriez-vous ? demanda la présidente.

Léa répondit sans réfléchir.

— **Trahison.**

Quand elle quitta la salle, un silence respectueux l'accompagna. Pas d'applaudissements. Pas de cris. **Un silence d'après-vérité.** Un silence qui pesait mille fois plus que les discours.

Ce jour-là, **la République s'était assise sur le banc des accusés.** Et grâce à Léa, **le peuple n'écoutait plus. Il jugeait.**

Chapitre 26 : La Résistance Silencieuse

L'air avait changé dans les couloirs de la République. Lourd, opaque, chargé d'un calme trop propre pour être sincère. Depuis le début du procès citoyen contre l'État, les grands médias continuaient à relayer l'affaire Phénix en boucle, les témoignages s'empilaient comme des lames de fond, et l'opinion publique semblait basculer définitivement vers une exigence radicale de transparence. **Mais en coulisse, une autre bataille avait commencé. Plus discrète. Plus insidieuse.**

C'était **la résistance silencieuse**.

Dans un hôtel particulier du 16e arrondissement, à huis clos, un groupe de figures politiques, hauts fonctionnaires et lobbyistes se réunissait régulièrement. Leurs noms n'étaient pas inscrits à l'agenda. Ils n'utilisaient pas leurs portables personnels. Et surtout, ils ne prononçaient jamais le mot "Phénix". Pour eux, l'affaire n'était pas un scandale. **C'était un désordre à contenir.**

Parmi eux, **le sénateur Gaston Bellier**, président de la commission des lois, artisan de la stratégie du déni. Il avait réuni autour de lui quelques piliers du vieux système : anciens ministres, industriels liés à la Défense, patrons de think tanks « souverainistes ». Leur objectif ? **Rétablir l'ordre. Mais à leur manière.**

— La République a toujours traversé des tempêtes, lançait Bellier devant ses pairs. Nous avons laissé faire cette folie médiatique. Il est temps de reprendre la main. D'encadrer le récit. De le refroidir. Sinon, dans trois mois, vous aurez des commissions populaires dans chaque mairie.

— On ne pourra pas tout enterrer, objecta un ancien préfet. Les preuves sont là. Le public n'est pas idiot.

— Non, mais il est volatile. Il s'indigne, puis il oublie. Il suffit d'**épuiser l'émotion**. De relancer des sujets périphériques. Sécurité. Éducation. Immigration. Rediriger les regards.

Un autre proposa de relancer **un débat constitutionnel contrôlé**, en apparence réformateur, mais vidé de tout contenu subversif.

— Il faut donner l'illusion d'une reconstruction, ajouta-t-il. Une réforme écrite par les mêmes mains. Une démocratie cosmétique.

— Et Marceau ? demanda une voix dans l'ombre.

Bellier plissa les yeux.

— Marceau est piégé. Qu'il reste ou qu'il parte, il nous sert. S'il tient bon, nous ferons de lui un président d'unité. S'il tombe, nous présenterons un candidat propre, non contaminé, mais bien aligné. La politique a ses cycles. Il faut juste **tenir jusqu'au prochain souffle.**

Pendant ce temps, dans les médias, **la contre-offensive s'amorçait.**

Certains éditorialistes, discrètement invités à déjeuner dans les clubs privés parisiens, commençaient à relativiser l'affaire Phénix.

— Il ne faut pas confondre erreurs du passé et complotisme contemporain, lança l'un d'eux sur une chaîne d'info continue.

— Beaucoup de ces documents sont anciens. Hors contexte. On peut parler d'expériences mal contrôlées, pas d'un plan global, affirma un autre.

— Léa Moreau ? Une icône, certes. Mais aussi une militante. Il faut veiller à ce que la justice reste impartiale, ajoutait une troisième.

Des tribunes fleurirent dans les journaux, réclamant de "tourner la page", "reconstruire ensemble", "éviter l'hystérie collective". Les mots étaient lisses. Mais **la mécanique était rôdée** : lisser la douleur, neutraliser l'élan.

Et surtout : **faire douter.**

Dans son appartement, Léa observait cette contre-réaction avec un mélange de lucidité et de colère froide. Jade était là, silencieuse, les bras croisés.

— Tu les as réveillés, murmura-t-elle. Mais eux, ils n'ont jamais dormi.

— C'est ça, le plus terrible, répondit Léa. Ce n'est pas un retour. C'est une continuité. Un souterrain qui avance sous nos pieds. Ils ne se battent pas pour démentir. Ils se battent pour **réécrire**. Lentement. Subtilement.

Elle tourna son écran vers Jade. Une carte. Une cartographie numérique des réseaux de pouvoir toujours actifs. L'Alliance l'avait reconstruite à partir de sources croisées, de confidences, de fichiers fuyants. Le programme Phénix avait laissé des marques. Et **ses tentacules étaient encore en mouvement.**

— On croyait que le masque était tombé. Mais il en restait un. Le plus dangereux. Celui du "retour à la normale", ajouta Léa. **La paix de façade. La résignation habillée de raison.**

— Et maintenant ? demanda Jade.

— Maintenant, on change de méthode. On pensait que la vérité suffisait. Ce n'est pas le cas. Il faut **réveiller la mémoire** avant qu'elle ne se rendorme. Il faut que **le peuple devienne acteur**, pas spectateur. Qu'il comprenne que ce système peut renaître... **si on le laisse respirer.**

Et au fond d'elle, Léa savait qu'un autre combat venait de commencer. Moins spectaculaire. Moins visible. Mais peut-être **le plus décisif de tous**.

Car les résistances les plus dangereuses ne sont pas celles qui frappent.
Ce sont **celles qui murmurent.**
Celles qui glissent, sans faire de bruit, dans les interstices du quotidien. Pour réinstaller l'oubli.

Et l'appeler stabilité.

Chapitre 27 : La Disparition d'Élisabeth

La nouvelle tomba à 6h17 du matin, comme une goutte de poison dans une mer déjà troublée. Une alerte brève, sans émotion :
« Claire Dubois, dite Élisabeth Marceau, ex-Première Dame, a disparu de sa résidence protégée en Haute-Savoie. Le dispositif de surveillance a été désactivé à 03h14. Aucune image, aucun témoin. »

L'annonce fit l'effet d'un électrochoc.

Dans les heures qui suivirent, toutes les rédactions furent secouées. Les réseaux s'enflammèrent. Les spéculations allèrent bon train : enlèvement ? fuite organisée ? mise en scène ? disparition volontaire ?

Au sein du gouvernement, l'effervescence céda très vite à la panique.

Julien Marceau, réveillé en urgence, refusa d'abord d'y croire. Il envoya immédiatement un hélicoptère vers le chalet d'Élisabeth. À son arrivée, les agents de la cellule Alpha découvrirent une scène intacte : aucune trace de lutte, ni effraction. Le lit n'avait pas été défait. La bouilloire encore tiède. La bibliothèque, ouverte à la page d'un roman de Camus : *« L'homme est la seule créature qui refuse d'être ce qu'elle est. »*

Sur la table, un carnet vide.

Et une enveloppe cachetée. À son nom.

Il l'ouvrit d'une main tremblante.

« Ne me cherche pas. Ce n'est pas une fuite. C'est un pas vers la fin. J'ai dit la vérité. J'ai montré ce que j'étais. Mais je suis devenue l'icône d'un combat qui n'est pas le mien. Je veux redevenir invisible. Libre. Et peut-être, enfin, réelle. Ce que j'ai à offrir, je l'ai déjà donné. Le reste ne vous appartient pas. Claire. »

Julien resta figé de longues minutes. Puis il ordonna ce qu'il savait être un paradoxe : une **chasse à l'homme sans bruit.**

Dans les sous-sols du ministère de l'Intérieur, **une cellule de crise parallèle fut activée**. Non déclarée. Non officielle. Composée d'agents issus de différentes branches du renseignement, certains encore fidèles à l'ancien ordre, d'autres déjà convertis à une forme de loyauté nouvelle.

Objectif : retrouver Claire Dubois.

Nom de l'opération : **"Reflet Brisé."**

Les hypothèses se multipliaient.

— Elle a été exfiltrée par les Russes, affirma un analyste. Elle possède des codes de lecture qui intéressent les puissances étrangères.

— Non, rétorqua un autre, elle a été protégée par une cellule dissidente. Peut-être même… par un reste de Phénix.

— Ou alors, murmura un troisième, **elle s'est effacée volontairement**. Elle savait comment faire. Elle a été formée pour ça. Elle a peut-être simplement… disparu comme elle est apparue : par choix.

Mais **Léa Moreau** ne croyait à aucune de ces versions officielles.

Elle reçut l'information dans la matinée, transmise par un contact au sein du GSPR. Et aussitôt, une alarme intérieure s'alluma en elle.

Elle savait que Claire — Élisabeth — n'était pas du genre à fuir. Ni à se taire.

Elle comprit immédiatement que sa disparition **était une réponse.**
Pas au procès.
Pas à l'opinion.
Mais à ce qu'elle sentait venir : **la récupération.**

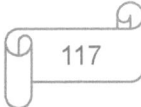

— Ils allaient faire d'elle un symbole. Une icône. Une image vide, dit-elle à Jade. Elle ne l'aurait jamais permis. Elle veut qu'on se souvienne de la vérité. Pas de son visage.

Elle rassembla une équipe restreinte, des journalistes indépendants, des hacktivistes, des témoins de l'ombre. Ensemble, ils recomposèrent ses derniers mouvements, ses appels, ses lectures. Un message crypté retrouvé sur un vieux téléphone oublié dans un coffre révéla un indice : une série de coordonnées GPS... au large.

Une île. Un territoire flottant. Peut-être un lieu de repli.

Mais une fois sur place, rien.

Juste un morceau de tissu accroché à une branche. Une étoffe grise. Et quelques mots gravés dans l'écorce d'un arbre :

"On ne disparaît jamais. On devient simplement ce qu'on n'a jamais pu être."

Léa resta longtemps face à ces mots.

Elle comprit.

Élisabeth Marceau ne voulait plus être une vérité publique.
Elle voulait être **un mystère intime.**
Un souvenir. Un souffle. Une idée.

Pendant ce temps, au journal du soir, un débat faisait rage sur les plateaux.

— Elle a fui ses responsabilités ! criait un éditorialiste.

— Elle s'est libérée du rôle qu'on lui imposait, répliquait un philosophe.

— Elle est un fantôme d'État. Le dernier masque à tomber, murmurait un autre.

Mais aucun d'eux ne la retrouvait.

Car **la femme derrière l'Opération Phénix** venait de faire **l'acte ultime de liberté** :
ne plus appartenir à personne.
Ni au peuple.
Ni à l'État.
Ni à l'Histoire.

Chapitre 28 : Le Silence du Président

L'Élysée n'était plus qu'un théâtre figé, un palais vidé de son souffle. Depuis plusieurs jours, **Julien Marceau** n'avait prononcé **aucun mot en public**. Pas une déclaration, pas un discours, pas même une phrase captée au détour d'un micro tendu. Il avait annulé les réunions du Conseil restreint, laissé les ministres en pilotage automatique, et fermé les portes de son bureau présidentiel. **Le chef de l'État s'était muré dans un silence profond.**

Au début, les médias l'interprétèrent comme un simple retrait stratégique.

— Il observe, disait-on. Il attend la tempête pour revenir en sauveur.

— Il temporise. Il contrôle la saturation médiatique.

— Il prépare un discours fondateur.

Mais au fil des jours, les murmures se firent plus lourds, plus sombres. Les analystes hésitaient. Les chaînes d'information faisaient défiler les mêmes images : Marceau entrant à l'Élysée, Marceau regardant par une fenêtre, Marceau assis seul à l'Assemblée sans prononcer un mot.

Un mutisme devenu un mystère.

Au sein du gouvernement, l'inquiétude grandissait.

— Il ne répond plus aux notes, confia un secrétaire d'État. Même ses proches n'entrent plus dans son bureau sans autorisation.

— Il lit. C'est tout ce qu'il fait. Des piles de rapports. Des journaux. Des lettres.

— Il ne dort presque plus, dit un garde républicain. Il marche la nuit dans les couloirs comme une âme en peine.

Les ministres, déstabilisés, se repliaient sur leurs cabinets. Les décisions exécutives étaient paralysées. La diplomatie attendait. L'opposition réclamait un rapport médical. Les citoyens s'interrogeaient : **un président silencieux, est-ce encore un président ?**

Dans son bureau, Julien Marceau était assis dans l'ombre.

Le bureau doré, les moulures, les tentures tricolores — tout lui paraissait irréel. Comme une reconstitution de sa propre vie. Depuis la disparition d'Élisabeth, quelque chose en lui s'était fissuré. Non pas un chagrin personnel. Pas uniquement. **Un effondrement de repères.**

Il repensait à ses discours. À ses campagnes. Aux mots soigneusement choisis. Aux illusions entretenues. À la trajectoire qui l'avait mené ici. Il n'était pas simplement un homme brisé. Il était **un symbole qui ne croyait plus en lui-même.**

Dans un coin du bureau, une lettre pliée. Celle qu'elle lui avait laissée. Il la relisait chaque matin. Chaque soir.

« Je t'ai aimé. Et je t'ai trahi. Mais je t'ai vu devenir ce que tu n'avais jamais prévu d'être : un homme seul face à une vérité trop grande pour lui. »

Il l'avait relue cent fois. Elle ne changeait pas. **Lui, si.**

Le silence n'était pas une stratégie. Ce n'était pas une mise en scène.

C'était **un refuge.**

Un refus de continuer à jouer un rôle dont il ne reconnaissait plus les contours.

Léa Moreau l'avait compris avant tous les autres.

Elle l'avait vu à la télévision, figé derrière un pupitre lors d'une cérémonie officielle. Il avait récité quelques lignes… puis s'était arrêté. Trois secondes. Cinq. Dix. Le silence s'était engouffré dans la salle comme une vague.

Et elle avait su.

— Il ne tient plus, murmura-t-elle à Jade.

— Il se protège ?

— Non. Il se **vide**.

Elle rédigea alors une tribune, publiée le lendemain dans *Le Révélateur* :

« *Un Président qui se tait, c'est peut-être un Président qui pense. Mais c'est surtout un Président qui vacille. Julien Marceau ne joue plus. Il doute. Et ce doute, pour la première fois, n'est pas un défaut. C'est une ouverture. Une blessure visible. Peut-être même... une chance.* »

La tribune fit le tour du pays. Certains y virent une main tendue. D'autres une gifle déguisée. Mais tous la lurent. Et beaucoup commencèrent à regarder ce silence non plus comme une absence... mais comme **un aveu.**

À l'Élysée, Julien écrivit enfin quelques mots. Pas un discours. Pas une déclaration.

Une simple phrase, qu'il traça sur une feuille blanche :

"Le pouvoir ne protège pas de la vérité. Il en a peur."

Puis il plia le papier. Et il attendit.

Car il savait désormais que ce n'était pas lui que la France attendait.

C'était **une parole nouvelle.**

Pas la sienne.

Mais celle de ceux qu'on avait trop longtemps réduits au silence.

Chapitre 29 : Le Retour du Phénix

Le fichier s'ouvrit à 3h11 du matin, dans le sous-sol d'un centre de données sécurisé que l'Alliance pensait avoir entièrement vidé. Léa, épuisée mais méthodique, vérifiait une dernière sauvegarde oubliée dans un recoin d'un disque crypté, lorsque le nom surgit. Un nom inconnu du grand public, non mentionné dans les rapports officiels, ni dans les listes de l'Opération Phénix déjà rendues publiques.

Nom de code : SILEX.
Statut : Agent dormant — actif.
Mission : Réactivation stratégique en cas de basculement de régime.

Elle relut plusieurs fois la ligne. Puis elle déchiffra le reste du fichier, plus fragmenté, plus instable. Des lignes de code mélangées à des fragments d'archives.
Une phrase, en clair, revint plusieurs fois, comme un motif obsédant :

"Le Phénix ne tombe pas. Il se régénère."

Léa comprit qu'ils avaient été trop optimistes.

Phénix n'était pas mort. Il dormait. Et il commençait à ouvrir les yeux.

Le lendemain matin, l'information fut partagée avec les membres restants de l'Alliance. Dans une salle exiguë d'un ancien centre culturel reconverti en QG, la tension était électrique.

— Ce SILEX, dit Jade, ce n'est pas un nom qu'on a croisé dans les 47 profils opérationnels publiés. C'est un agent de réserve. Un "joker" prévu dès le début. Si tous les autres tombent... il se réveille.

— Une cellule unique ou un nouveau noyau ? demanda Pierre Dumas.

— Les données sont cryptées, répondit Scarabée. Mais assez anciennes pour être authentiques. Et assez récentes pour prouver qu'il est encore actif. La dernière ligne du fichier contient un lieu : **"Raison 0"**.

— C'est une balise, murmura Léa. Un point de ralliement. Un protocole de réactivation.

Elle marqua une pause.

— Ils ne veulent pas revenir dans l'ombre. **Ils veulent reprendre le contrôle.** À leur façon.

Dans les jours qui suivirent, des signaux étranges apparurent dans plusieurs villes françaises.

À Nantes, une journaliste indépendante disparut après avoir annoncé une série d'articles sur les restes du réseau.

À Marseille, un ancien recruteur de Phénix échappa de peu à une tentative d'assassinat maquillée en agression banale.

À Paris, un serveur de données censé être fermé fut réactivé à distance, avant d'être détruit par un incendie "d'origine indéterminée."

Et dans tous ces lieux, **un même symbole fut aperçu, tracé à la peinture noire ou gravé sur des surfaces métalliques :**

Un oiseau stylisé, tête tournée vers l'arrière, ailes déployées.

Le Phénix.

— Ils ont commencé, souffla Jade en fixant les images projetées sur le mur. C'est une **contre-offensive invisible.** Ils ne veulent pas faire tomber un président. Ils veulent **reprendre la narration.** Recréer la peur. Réactiver les réseaux dormants.

Pierre Dumas, resté en retrait, s'approcha lentement.

— Je vous l'avais dit. Un programme comme celui-là ne meurt pas. Il mute. Il se divise. Et parfois… il revient plus fort.

Léa, le regard vide, ferma les yeux un instant.

Elle savait ce que cela signifiait.
Ce n'était pas seulement une guerre pour la vérité.
C'était désormais **une guerre pour l'avenir même de la démocratie.**

Elle retourna au dossier crypté. Une dernière ligne de code s'était déverrouillée.

"*Phase active prévue : 3 décembre — Paris — Opération Chrysalide.*"

Elle releva la tête.

— On a six jours.

Personne ne parla.

Le compte à rebours venait de recommencer.
Et dans l'ombre, **le Phénix battait à nouveau des ailes.**

Chapitre 30 : Le Pacte Secret

Bruxelles, 22h17. Une nuit glaciale de décembre, où la ville semblait contenir son souffle sous un ciel noir et bas. Loin des projecteurs de la presse, au sommet d'un immeuble administratif de la rue de la Loi, **une réunion non inscrite à l'agenda européen** avait lieu dans une salle sécurisée du Conseil.

Autour de la table ovale, sept hommes et femmes. Des diplomates chevronnés, des conseillers spéciaux, deux chefs d'État. Aucun badge. Aucun nom. Juste **un accord de silence** et une peur commune : **l'effet domino.**

Car ce que la France vivait depuis les révélations de l'Opération Phénix — cette fissure brutale dans la façade démocratique — risquait désormais de **se propager comme une contagion politique.** Déjà, en Italie, des voix s'élevaient pour exiger des audits sur les réseaux d'influence. En Allemagne, un député demandait l'ouverture des archives de la Stasi reconfigurées. En Espagne, un collectif indépendant avait lancé une enquête parallèle sur une prétendue "Section Alción".

Et tous, dans cette pièce, savaient que si l'opinion publique européenne associait l'affaire Phénix à une **crise systémique**, **les institutions n'y survivraient pas.**

— Nous devons couper la racine ici, déclara fermement **la représentante allemande**, une femme à la voix tranchante, ancienne juriste de la Cour constitutionnelle.

— Si nous exposons les structures profondes de l'État français, nous ouvrirons la boîte de Pandore. Ce que la France a mis en lumière, **nous l'avons tous effleuré.** Nos gouvernements ont aussi eu leurs unités spéciales, leurs réseaux invisibles.

— Et si nous laissons faire ? répliqua un conseiller polonais. Si nous laissons les citoyens réclamer vérité et transparence ? Ce n'est pas une contagion. C'est un **réveil**.

— Un réveil qu'on ne contrôle pas, murmura le président du Conseil belge. Et c'est ça, le danger.

Le président du Conseil européen, resté silencieux jusqu'ici, se pencha alors vers la table.

— La solution est simple. Nous devons **contenir le feu**. Pas en niant l'affaire, mais en **l'encadrant.** En la ramenant à une spécificité française. Un "accident démocratique" dû à des circonstances nationales. Un cas isolé, regrettable, mais maîtrisé.

— Vous proposez un récit officiel ? Un rideau de fumée ?

— J'appelle ça un **pacte de stabilité**. L'Europe ne peut pas se permettre une crise de légitimité générale. Pas en cette année. Pas avec les tensions commerciales, les conflits aux frontières, la montée des extrêmes.

Il appuya ses mots en déposant une chemise beige sur la table. À l'intérieur : un brouillon de **communiqué conjoint**, déjà rédigé.

"L'Union européenne exprime son soutien à la République française dans son processus de transparence et de reconstruction démocratique. Les institutions françaises ont démontré leur résilience face à des dérives passées, et l'Europe salue la gestion courageuse et responsable des autorités."

Un consensus contrôlé. Une légitimation discrète. **Un blanchiment feutré.**

— Et Marceau ? demanda la diplomate néerlandaise.

— Nous allons l'inviter à Bruxelles dans deux jours. Rencontre bilatérale. Officiellement pour discuter de la reconstruction institutionnelle. Officieusement... pour **l'aligner.**

— Et Léa Moreau ?

Un silence s'installa.

— Elle n'a pas de fonction officielle. Elle est médiatiquement instable. Elle ne peut pas être invitée sans lui donner un statut.

— Mais elle a le peuple avec elle, souffla le représentant espagnol. Et aujourd'hui, c'est plus dangereux que cent députés.

— Alors nous devons la délégitimer. Poliment. Discrètement. La noyer sous les expertises, les commissions. L'ignorer dans les discours. La laisser s'épuiser face au mur de l'ordre établi.

La décision fut prise.

Le **Pacte Secret de Bruxelles** venait d'être scellé. Il ne serait jamais signé. Il n'existerait sur aucun document officiel. Mais ses effets se feraient sentir partout.

Le lendemain, à Paris, un communiqué sobre fut publié par la Présidence :

"Le Président Marceau se rendra à Bruxelles pour poursuivre le dialogue européen autour des réformes institutionnelles."

Et sur les chaînes d'info, les analystes se succédèrent pour expliquer que **la France tournait la page**. Que la stabilité était revenue. Que l'affaire Phénix, bien que sérieuse, devait maintenant laisser place à l'apaisement.

Mais Léa, en lisant entre les lignes, comprit.
Ce n'était pas une fin. C'était une **contre-révolution diplomatique.**
Une **pacification par l'élite.**
Et cette fois, **l'ennemi ne portait pas de masque.**

Il portait **des gants blancs.**

Chapitre 31 : La Menace Internationale

Le monde n'était plus indifférent. Il était en alerte.

Les révélations françaises sur l'Opération Phénix, les fuites incontrôlées de documents classifiés, la disparition d'Élisabeth Marceau, le silence de Julien Marceau et le procès intenté à l'État... Tout cela formait une **onde de choc mondiale**. Et en son cœur, une femme devenait le point de convergence de toutes les inquiétudes, toutes les projections, toutes les convoitises : **Léa Moreau**.

Le premier signal vint d'un satellite américain.

Un opérateur de la **NSA**, chargé de la surveillance passive des mouvements stratégiques dans les capitales européennes, détecta une anomalie : une suite d'échanges cryptés entre un réseau basé à Langley et plusieurs relais diplomatiques en Europe. L'objet du message était court mais explicite :

« URGENCE — Subject: LEA MOREAU. Risk Index: Level Red. Asset potential: Medium. Disruption potential: MAXIMUM. »

À Washington, la Maison-Blanche fut informée dans les deux heures.
— Une journaliste peut déstabiliser l'axe transatlantique, déclara un conseiller stratégique. Il faut savoir si elle est contrôlable... ou éliminable.

À Moscou, la réaction fut tout autre. Le **SVR**, les services de renseignement extérieurs, flairèrent une opportunité. Un agent proche du Kremlin résuma la situation dans un rapport confidentiel :

"Léa Moreau n'est pas une menace. Elle est un levier. Si nous la protégeons, nous devenons les garants d'une transparence occidentale que l'Occident ne contrôle plus. Elle peut devenir un outil narratif contre l'hypocrisie démocratique européenne."

Le Kremlin lança discrètement un programme : **"Opération Plume Blanche."** Objectif : approcher Léa. L'encercler d'attentions. L'isoler de l'intérieur. La récupérer.

À Pékin, le ministère de la Sécurité d'État adopta une posture d'observation. Léa intéressait les analystes chinois pour une raison très précise : **sa capacité à déclencher un effondrement progressif d'une structure institutionnelle par le simple levier de la vérité.**
Un modèle de "démantèlement narratif" jamais observé auparavant dans une démocratie occidentale.

— Elle est un précédent, déclara un stratège chinois. Si elle réussit à transformer un scandale en mouvement durable, alors elle devient **une menace idéologique.** Une contagion par la lucidité.

À Londres, un agent du MI6, posté à Paris, remit une synthèse à ses supérieurs. Le ton était plus nuancé.

— Elle est dangereuse, oui. Mais **pas incontrôlable.** Elle agit par conviction, non par stratégie. Ce qui la rend forte... mais vulnérable. Il suffirait de **détourner cette conviction.**

Pendant ce temps, **Léa vivait dans la clandestinité.**

Depuis le début de la "phase rouge" déclenchée par la réapparition du symbole du Phénix, elle avait changé d'adresse chaque nuit. Elle n'utilisait plus aucun appareil connecté sans triple chiffrement. Même ses communications avec Jade, Pierre ou Scarabée passaient par des canaux isolés. Mais elle sentait... **elle savait** qu'elle était suivie.

Une voiture noire stationnait toujours un peu trop longtemps en bas des immeubles.
Un inconnu en costume l'avait observée sans raison apparente dans un café vide.
Un dossier crypté envoyé à ses contacts internationaux avait été ouvert **avant même son arrivée.**

— Ils sont tous là, souffla-t-elle à Jade. Les Américains, les Russes, les Chinois. Ils ne cherchent pas la vérité. **Ils cherchent à savoir si je suis utile ou dangereuse.**

— Alors tu l'es, répondit Jade. Sinon ils ne t'auraient pas mise dans leur ligne de mire.

Léa garda le silence. Puis elle montra l'écran de son ordinateur. Une alerte venait d'apparaître.
Un message anonyme. Non traçable. D'un canal d'État étranger.

"Mademoiselle Moreau, vous êtes maintenant une donnée stratégique. Quittez Paris. Ou devenez un incident diplomatique."

Le soir même, l'ambassadeur de France aux Nations Unies reçut une note verbale émanant du bloc asiatique :

"La situation intérieure française représente un risque pour la stabilité de l'information mondiale. La responsabilité de l'État français est d'encadrer les individus responsables de la dissémination de documents sensibles. Faute de quoi, d'autres puissances pourraient être amenées à agir."

Le lendemain, **Julien Marceau** reçut une note classée « urgence absolue ». Elle tenait en une ligne :

"Léa Moreau n'est plus une journaliste. Elle est devenue une variable géopolitique."

Dans une chambre sombre, Léa s'assit sur un lit défait, le regard vers la fenêtre.

— Tu vas faire quoi ? demanda Jade.

— Ce que je fais depuis le début, murmura-t-elle. Parler. Écrire. Exposer.

Elle alluma son enregistreur. Et commença à dicter.

"Ils veulent me faire taire au nom de l'équilibre mondial. Mais le monde s'est construit sur des équilibres pourris. Moi, je veux le déséquilibre de la vérité. Même s'il fait trembler les puissants. Même s'il me coûte la vie."

Car désormais, elle n'était plus seulement **la conscience d'un pays.**

Elle était **la voix d'une fissure mondiale.**

Chapitre 32 : L'Enlèvement

Le message arriva à 4h06 du matin. Aucun expéditeur, aucun bruit, juste une notification sur l'un des téléphones cryptés de Léa. Un fichier audio. Court. Brutal. On entendait une respiration haletante, un coup sourd, puis une voix d'homme, étouffée mais reconnaissable : « Léa... c'est moi... ils m'ont eu. Ne fais rien. Garde tout... » Puis un grésillement, et le silence. Léa resta figée, incapable de parler. Le téléphone tremblait dans sa main. Elle reconnut la voix. **C'était Sami.** Le seul survivant du premier cercle technique de l'Alliance. Son ami. Son frère d'armes. Le hacker brillant qui avait tout risqué pour faire tomber le masque. Et maintenant, il avait disparu. Enlevé.

Elle bondit hors du lit, attrapa son ordinateur, lança une série de contre-pings pour localiser l'origine de l'audio. Rien. L'adresse était volatile, cryptée à plusieurs couches, probablement routée à travers plusieurs relais militaires. Elle savait ce que cela voulait dire : **c'était l'œuvre d'un service. Officiel ou clandestin. Mais entraîné.** Elle alerta Jade, qui la rejoignit en moins de dix minutes, les traits tirés, déjà armée.

— C'est un message ciblé, dit Léa. Pas une erreur. Ils veulent que je sache. Que je réagisse.

— Ils veulent t'obliger à sortir, répondit Jade. Et tu ne dois pas. Pas sans un plan.

Mais Léa n'écoutait qu'à moitié. Elle relisait déjà le deuxième message arrivé une minute après l'audio. Un simple texte, en lettres capitales : « **NOUS AVONS SAMI. TU AS 24 HEURES. LES FICHIERS. TOUS. OU IL DISPARAÎT. POUR TOUJOURS.** »

Elle ferma les yeux. Elle comprenait. Ce n'était plus une guerre d'arguments. C'était une prise d'otage psychologique. **Elle était devenue la dernière clef de voûte du système. Et ils tentaient de l'arracher.**

À 10h15, elle reçut une nouvelle preuve de vie. Une courte vidéo. Sami, les yeux bandés, les poignets attachés. Aucun décor reconnaissable. Une voix off déformée : « Il est encore en vie. Pour l'instant. Tu connais nos conditions. Pas de publication. Pas de police. Les fichiers. D'ici ce soir. Ou le silence sera éternel. »

Léa sentit son cœur s'effondrer. Les fichiers... C'était tout ce qu'il leur restait. Le second lot. Celui qu'elle avait gardé secret, même pour ses alliés. Des preuves finales : noms de diplomates en fonction, documents bancaires, témoignages audio d'anciens agents, géolocalisations de caches d'armes, schémas d'infiltration au sein des médias européens. Le cœur nucléaire de Phénix. Les preuves qu'elle avait juré de ne diffuser qu'en dernier recours. **Et maintenant, elles devenaient la rançon.**

Jade frappa du poing sur la table.

— C'est un piège, Léa. Tu le sais. Même si tu leur donnes les fichiers, ils l'élimineront. Tu ne peux pas négocier avec des fantômes.

— Alors quoi ? On regarde Sami mourir ? On attend qu'ils s'en prennent à toi ? À moi ?

— On les traque, dit une voix derrière elles. C'était Pierre Dumas. Il venait d'entrer, calme, droit, une lueur dure dans les yeux. Tu me fais confiance ?

— Non, répondit Léa. Mais je sais que tu veux les faire tomber autant que moi.

Dumas s'approcha. Il tendit une clef USB.

— Ceci est une copie vide. On va leur faire croire que tu cèdes. On glisse un traceur dans le fichier. Et on les laisse l'ouvrir. On suit le signal. Et on frappe.

— Et s'ils le tuent avant ?

— Alors ils prouvent qu'ils n'ont jamais voulu négocier. Et le monde verra.

À 17h47, Léa envoya le fichier. Crypté. Traqué. Une note y était jointe : **« Voici ce que vous cherchez. Libérez-le. Ou publiez-le vous-mêmes. »**

À 18h12, le signal s'activa. Localisation : une villa abandonnée à la lisière de Strasbourg, zone frontalière à couverture diplomatique incertaine.

Jade, Dumas, et deux anciens membres de l'unité d'élite du RAID foncèrent. Léa resta au QG, les yeux rivés sur l'écran, priant sans y croire.

À 19h04, les caméras embarquées captèrent les premières images : un sous-sol faiblement éclairé, un bruit de chaîne, une silhouette recroquevillée. Puis la voix de Jade :

— C'est lui. Il est vivant !

Léa s'effondra en larmes. Mais à cet instant, le bâtiment explosa. Une détonation sèche, ciblée, qui souffla les murs internes sans abattre la structure.

— Piège, cria Dumas dans l'oreillette. Repli immédiat !

Ils sortirent in extremis, blessés mais en vie. Sami était inconscient, mais respirait. Il fut évacué dans un silence absolu.

Plus tard, à l'hôpital, Léa s'assit près de lui. Il ouvrit les yeux, lentement. Un murmure s'échappa de ses lèvres :

— Tu ne leur as pas donné... les vrais ?

— Jamais, dit-elle en lui prenant la main.

Car elle savait désormais que ce combat n'était plus une affaire d'information. **C'était une guerre de volonté.** Ils pouvaient enlever, menacer, brûler. Mais tant qu'ils ne brisaient pas la volonté, ils ne gagnaient rien.

Et ce soir-là, **elle n'avait pas cédé.**

Le piège s'était refermé. Mais **pas sur elle.**
Sur **eux.**

Chapitre 33 : Le Discours Interdit

Le texte tenait sur trois pages manuscrites. Trois feuilles griffonnées nerveusement, tachées d'encre, pliées et repliées, qu'elle portait sur elle depuis trois jours comme une promesse. Ce n'était pas un article. Ce n'était pas une interview. C'était **un discours. Son discours.** Une parole qu'elle avait trop longtemps retenue. Une vérité qu'elle refusait désormais de livrer en fragments. Léa Moreau avait décidé de parler. Pour de bon. Pour tous. Et ce discours allait être **entendu ou interdit.**

À 10h42, le gouvernement fut informé par les services du renseignement qu'un "message non autorisé à haute charge subversive" était en préparation. Une équipe de surveillance traçait depuis une semaine les déplacements de Léa, ses communications cryptées, les allées et venues autour d'un théâtre désaffecté du 11e arrondissement. Là-bas, elle préparait **l'allocution.**

L'information remonta jusqu'au ministère de l'Intérieur. Le préfet de police convoqua une réunion d'urgence. Un conseiller de l'Élysée résuma la situation :
— Elle veut organiser une prise de parole publique, filmée, diffusée en direct via des canaux indépendants. Pas une simple vidéo. Une allocution citoyenne en contrepoint du silence présidentiel.

— Elle n'en a pas le droit, répondit le ministre. Il n'y a pas d'autorisation. Aucun cadre légal. C'est un trouble à l'ordre public.

— Ce n'est pas une émeute, dit un autre. C'est un mot. Et aujourd'hui, c'est plus dangereux qu'un coup de feu.

Une consigne fut donnée : **interdiction de diffusion, interdiction de rassemblement, mobilisation des forces de maintien.**

Pendant ce temps, dans la pénombre de la scène abandonnée, Léa répétait. Seule. Face à une caméra. Pas de maquillage. Pas de micro-cravate. Une voix nue, un regard tendu, une colère digne.

— Ce n'est pas un discours pour accuser. C'est un discours pour réveiller, dit-elle à Jade. Je ne veux pas de vengeance. Je veux de la mémoire. De la justice.

Jade hochait la tête. Derrière elles, une dizaine de bénévoles installaient un système de retransmission piratée, capable de contourner les filtres gouvernementaux.

— Si tu lis ce texte, Léa, le monde changera. Ou on t'arrête avant.

— Alors qu'ils viennent. Je veux que ce moment leur appartienne.

À 18h12, les premières alertes tombèrent sur les réseaux sociaux : **"Léa Moreau s'apprête à parler. En direct. Ce soir. 20h. #DiscoursInterdit"**

Le hashtag devint viral en moins de vingt minutes. Des foules commencèrent à se former spontanément dans les rues, sur les places, autour des écrans publics. Des téléphones allumés. Des visages attentifs. Une tension palpable.

À 19h03, la préfecture de police déploya des unités anti-émeute autour du théâtre. Des véhicules banalisés bloquèrent les ruelles. Un drone survola la zone. À l'intérieur, Léa était calme. Elle savait que tout pouvait s'arrêter d'un instant à l'autre.

À 19h58, la lumière rouge de la caméra s'alluma. La transmission avait trouvé une brèche. La connexion tenait.

Léa s'avança. Fixa l'objectif. Respira. Puis commença :

— Françaises, Français. Citoyens. Complices malgré vous. Survivants d'un mensonge trop grand pour être contenu. Ce soir, je ne vous parle pas comme journaliste. Ni comme militante. Je vous parle comme une femme qui a vu ce que nous ne devions pas voir. Qui a entendu ce que d'autres voulaient taire.

— L'opération Phénix n'est pas un passé honteux. C'est un **présent camouflé.** Un système qui continue à fonctionner, à muter, à reprendre forme là où vous pensez qu'il est mort.

— Et si je parle ce soir, c'est parce qu'on m'a demandé de me taire. Parce qu'on a enlevé, frappé, brûlé, effacé... pour empêcher ce que je suis en train de faire : **vous dire la vérité en face.**

— Vous êtes gouvernés par des récits. Des écrans. Des slogans. Mais derrière ces mots, il y a des voix brisées. Des documents étouffés. Des identités détruites.

— Ce que je dis, je ne le dis pas seule. Je le porte au nom de tous ceux qui ont parlé avant moi. Ceux qu'on ne verra plus. Ceux qui ont disparu sans bruit. Ceux qu'on traite de radicaux, de complotistes, de fous. Ceux qui **ont eu raison trop tôt.**

Elle marqua une pause. Le silence était total. Partout dans Paris, dans la France entière, des centaines de milliers de personnes étaient suspendues à ses mots.

— Ce soir, vous avez un choix. Pas entre deux partis. Pas entre deux promesses. Un choix plus simple : **écouter, ou détourner le regard.** Résister ou oublier.

— Moi, j'ai choisi. Et si vous m'arrêtez, si vous me coupez, je vous le dis : **vous ne me ferez pas taire. Parce que ce que je dis vit déjà en vous.**

À ce moment précis, les portes du théâtre furent défoncées. Les forces de l'ordre entrèrent. Une coupure de courant fit vaciller la lumière.

Mais la transmission tenait encore.

Léa conclut :

— Ce n'est pas un discours interdit. C'est **le vôtre.** Le vrai. Celui qu'on attendait depuis trop longtemps. Maintenant... prenez le relais.

L'image se figea.

Puis disparut.

Mais dans les rues, **le peuple n'était plus spectateur.**
Il devenait **la voix.**

Chapitre 34 : Le Réveil du Peuple

Tout avait commencé par une marche silencieuse. À Lyon, à Toulouse, à Lille, des hommes et des femmes s'étaient levés à l'aube, sans consigne, sans banderole, sans mégaphone. Ils s'étaient mis en route, les yeux ouverts, le pas lent, le cœur battant. Pas pour protester. Pas pour casser. **Pour exister. Pour dire : "Nous sommes là."** Puis d'autres les avaient rejoints. Par centaines. Par milliers. À Paris, la place de la République se remplit sans mot d'ordre. Des familles, des étudiants, des anciens résistants, des avocats, des chômeurs, des enseignants, des retraités. Pas une foule en colère. Une foule en éveil. Une marée calme, mais déterminée. Le discours de Léa avait traversé les écrans comme un éclair dans une nuit saturée. Il n'était pas parfait. Il n'était pas révolutionnaire. Il était **vrai. Brut. Nécessaire.** Et cette vérité avait touché quelque chose de plus profond qu'aucun programme politique ne l'avait fait depuis des décennies. **L'instinct de souveraineté.**

À 10h13, les premiers slogans apparurent, écrits à la main, sur du carton, sur des draps, sur des pancartes improvisées : « **Pas de retour en arrière** », « **La démocratie commence aujourd'hui** », « **Nouvelle Constitution maintenant** ». À 11h, la manifestation prit une ampleur inédite. Les rues devinrent des veines vivantes. Les voix s'unirent. Pas dans le chaos, mais dans une forme d'unisson organique. Les manifestants n'attendaient plus un sauveur. Ils ne demandaient pas une réforme. **Ils exigeaient une refondation.**

Dans les villes moyennes, le même scénario se répéta. À Clermont-Ferrand, des juristes ouvrirent un bureau citoyen de propositions constitutionnelles. À Nantes, un lycée fut transformé en atelier public de débat démocratique. À Marseille, des dockers bloquèrent le port non pas pour négocier, mais pour dire : **« Tant que la République sera confisquée, rien ne bougera ici. »**

Les chaînes d'info n'arrivaient plus à suivre. Elles diffusèrent, d'abord à contrecœur, les images aériennes de foules rassemblées. Puis les directs prirent le relais. Les plateaux n'avaient plus de sens. Les éditorialistes étaient débordés. Car **ce n'était pas une grève. Ce n'était pas une colère.** C'était **un basculement.** Un peuple qui se rappelait soudain qu'il était **la source du pouvoir**, pas son spectateur.

À 14h22, le mot d'ordre émergea. Il n'était signé de personne, mais repris partout, imprimé, crié, chanté :
« Assemblée constituante. Maintenant. Par le peuple. Pour le peuple. »

La demande était claire. Non plus un remaniement. Non plus une alternance. **Une réécriture.** Une table rase des structures viciées. Une nouvelle matrice politique, où les citoyens ne seraient pas représentés comme des cases à cocher, mais comme **des voix vivantes.**

À l'Élysée, l'ambiance était électrique. Julien Marceau, toujours muré dans son silence, observait les images en boucle. Autour de lui, les conseillers paniquaient. Certains réclamaient une dissolution immédiate. D'autres un appel à l'armée. D'autres encore un verrouillage médiatique. Mais personne n'avait de solution face à **un peuple éveillé.** Car on peut museler une foule. On peut infiltrer un mouvement. Mais **on ne peut pas arrêter une conscience collective quand elle se réveille.**

Dans la soirée, une décision fut prise dans les rangs du gouvernement : **ne pas réprimer. Ne pas intervenir. Observer.** Une stratégie dictée moins par sagesse que par **peur.** La peur que la moindre violence déclenche un embrasement national.

Dans un appartement discret, Léa observait elle aussi les images. Elle ne disait rien. Les larmes coulaient silencieusement sur ses joues. Pas de tristesse. Pas de soulagement non plus. **Un vertige.** Elle n'était plus la voix. Elle était **l'étincelle.** Le feu, maintenant, appartenait au peuple.

Jade entra dans la pièce, le visage grave et lumineux.

— Ils ont compris, dit-elle.

Léa acquiesça.

— Ils n'attendent plus. Ils construisent.

Et dans la nuit qui tombait sur une France méconnaissable, un vent nouveau soufflait. Ce n'était pas une tempête. C'était une aube.
Et cette fois, elle ne venait d'aucun palais.
Elle venait du sol.

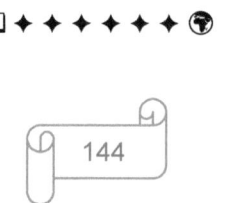

Chapitre 35 : L'Épreuve de la Vérité

Ils l'avaient cherchée dans les Alpes, en Corse, dans des monastères suisses, jusqu'aux confins de la mer Égée. Et puis, un jour, **elle réapparut.** Sans bruit. Sans escorte. Sans masque. Claire Dubois, autrefois Élisabeth Marceau, la femme la plus recherchée de France, **s'était présentée d'elle-même** à l'ambassade de Norvège à Stockholm. Elle n'avait ni papiers, ni valise. Juste un carnet à la main et cette phrase, glaciale et posée :

— **Je suis prête à parler. Mais je veux que ce soit devant une commission internationale. Et je ne dirai rien sans Léa Moreau.**

La nouvelle fit l'effet d'un séisme diplomatique. À Paris, le gouvernement, déjà en tension face à l'embrasement citoyen, convoqua une cellule de crise. À Bruxelles, les chancelleries s'agitaient. À New York, une session spéciale du Conseil des droits de l'homme fut déclenchée dans l'urgence. Car **ce n'était plus une affaire française. C'était une affaire mondiale.**

Léa apprit la nouvelle en direct, sur un écran qu'elle ne regardait même pas. C'est Jade qui lui tendit la tablette. L'image était floue, la vidéo tremblante. Mais c'était bien elle. Le visage amaigri, le regard droit, les traits fatigués mais vivants. Élisabeth — Claire. **Le fantôme d'un empire souterrain.**

Un silence s'installa. Puis Léa dit simplement :

— Je vais y aller.

— C'est peut-être un piège, répondit Pierre Dumas. Tu sais ce que ça veut dire ? Elle veut que tu serves de témoin. Ou de miroir.

— Elle veut que je sois là parce que je suis la seule à l'avoir regardée sans peur. Parce que je suis la seule à pouvoir entendre... sans condamner.

Quarante-huit heures plus tard, dans une salle sobre et sécurisée d'un bâtiment annexe des Nations Unies à Genève, **la Commission Spéciale pour la Vérité et la Démocratie en Europe** fut convoquée. À huis clos, mais retransmise à l'extérieur par un dispositif filtré. Sept commissaires issus de pays neutres, deux observateurs de la Cour pénale internationale, un traducteur officiel, et deux femmes face à face.

Léa entra en première. Pas maquillée. Pas costumée. Juste debout, droite, les yeux calmes.
Claire entra ensuite. Pas une ombre. Pas une esquive. Elle s'assit. Ouvrit son carnet. Et dit d'une voix presque douce :

— Vous m'avez connue comme Élisabeth Marceau. Première Dame. Menteuse. Manipulatrice. Recrue de l'Opération Phénix.
Aujourd'hui, je suis Claire Dubois. Et je vais vous dire **comment un État a créé une identité à partir du vide.**

Pendant trois heures, elle parla. Sans notes. Sans interruption. Elle raconta son enrôlement à l'âge de dix-sept ans, son effacement progressif, sa transformation. Les tests psychologiques. Les réécritures de souvenirs. Les faux parents. Les formations à l'art de la dissimulation. L'insertion dans les cercles parisiens. La rencontre programmée avec Julien Marceau. Leur couple. Leur ascension.

Elle raconta aussi **les doutes. Les réveils en sursaut. Les gestes mécaniques. La peur de n'être jamais réelle.** Elle parla d'amour — vrai, puis biaisé. Elle parla de honte. De colère. De fuite.

Puis elle s'interrompit. Ferma son carnet. Et regarda Léa.

— Tu veux la vérité, Léa ? La vérité entière ? La voici : je n'étais pas la seule. Il y en avait **quatre autres.** Nous avons toutes été créées pour infiltrer. À différents niveaux. Moi, j'étais destinée à devenir Première Dame. Les autres… ont échoué. Ou ont disparu. Mais une est encore là. En poste. Et si tu ne l'arrêtes pas, **Phénix recommencera.**

Un murmure glacé parcourut la salle. Léa ne dit rien. Pas encore.

Claire reprit :

— Je ne veux pas de pardon. Je veux laisser une trace. Ce que j'ai vécu est une cicatrice vivante. Mais elle ne doit pas se refermer sans laisser **un témoin.**

Elle regarda Léa une dernière fois.

— Et ce témoin, c'est toi. Parce que tu n'as jamais voulu te venger. Tu as voulu comprendre. Et tu m'as obligée à me voir telle que j'étais. Merci pour ça.

À la sortie, aucune arrestation ne fut ordonnée. La commission décida de protéger Claire Dubois en tant que **témoin-clé international.** Mais sa déclaration déclencha une onde de choc immédiate.

Car le nom qu'elle donna à la fin — le nom de l'agent encore en place — **était celui d'une femme ministre en fonction en Allemagne.**

Le scandale, déjà français, devenait **européen.**

Et Léa ? Elle sortit sans un mot. Elle n'avait pas besoin d'en dire plus.
Ce jour-là, elle n'était pas la voix. Elle était **le miroir.**
Et dans ce miroir, **le monde entier venait de se regarder en face.**

Chapitre 36 : Le Jugement de Claire Dubois

Le monde retint son souffle.
Dans la grande salle du Palais Wilson à Genève, ce bâtiment de pierre blanche posé au bord du lac Léman, tout avait été mis en place pour une audience exceptionnelle. Micros activés. Caméras fixées. Traductions simultanées dans vingt-huit langues. Devant une assemblée de représentants internationaux, de juges indépendants, d'observateurs venus de tous les continents, **Claire Dubois**, alias **Élisabeth Marceau**, allait parler. Pour la dernière fois.

Non plus en témoin.
Non plus en accusée.
Mais **en femme face à l'Histoire.**

À la tribune, elle monta seule. Aucune escorte. Aucun conseiller. Elle portait une tenue noire simple. Sans bijou. Sans symbole.
Elle regarda l'assemblée. Puis elle fixa la caméra en face d'elle. Celle qui transmettait son visage à des millions de spectateurs à travers le

monde.

Et elle commença :

— Je suis née Claire Dubois, en 1977, dans un hôpital militaire dont le registre de naissance a été effacé. Mes parents biologiques, je ne les ai jamais connus. À l'âge de sept ans, j'étais déjà placée dans une structure éducative spéciale. On m'a dit que j'étais brillante, mais inadaptée. En réalité, **on me formait.**

Sa voix ne tremblait pas.
Elle raconta les tests. Les électrodes. Les jours entiers sans contact humain. Les simulations d'entretien. Les manipulations affectives.
— On m'a appris à séduire, à convaincre, à mentir mieux que je ne respirais. À vingt-deux ans, j'étais prête. Mon identité officielle venait d'être créée. Claire Dubois n'existait plus. Elle avait été remplacée par **Élisabeth Deret**, future épouse d'un homme encore inconnu. Un député prometteur. Un certain **Julien Marceau.**

Un frisson parcourut la salle. Claire continua.

— Ce mariage n'était pas un accident. C'était un plan. Une stratégie. J'étais la pièce manquante de son ascension. Il n'a jamais su. Ou peut-être ne voulait-il pas savoir. Mais moi, je le savais. Et je l'ai fait quand même.

Elle marqua un silence. Puis leva les yeux.
— Parce qu'au fond, j'ai voulu croire qu'on pouvait aimer **même à l'intérieur d'un mensonge.** J'ai voulu croire que si je devenais ce qu'ils attendaient de moi, je mériterais enfin d'exister. J'ai été une complice. Et une victime. Une architecte du système. Et son produit.

Les membres de la commission prenaient des notes. Certains détournaient le regard. D'autres ne la quittaient pas des yeux. Claire poursuivit.

— On parle de Phénix comme d'un projet d'État. C'est faux. C'était un projet **contre l'État**. Un laboratoire du pouvoir sans conscience. Un programme où des enfants devenaient des instruments, où l'humain était reprogrammé pour servir un ordre qui se disait supérieur.

Elle ouvrit son carnet. Sortit un feuillet. Une liste manuscrite.

— Voici les noms des coordinateurs de mon unité. Ils sont en poste. Certains dans des entreprises stratégiques. D'autres dans des ministères. Vous pouvez faire comme d'habitude : classer, oublier. Ou... **regarder en face.**

Un murmure parcourut la salle. La liste était transmise aux juges. Pendant ce temps, Claire referma son carnet.

— Aujourd'hui, je ne demande pas de pardon. Je n'en mérite pas. Ce que j'ai fait a détruit des vies. Ce que je suis devenue a permis à un système de se perpétuer. Mais je viens ici **libre**. Libre de dire. Libre d'assumer. Libre, enfin, de ne plus me cacher.

Elle regarda Léa Moreau, assise parmi les témoins.

— C'est grâce à elle que je suis ici. Parce qu'elle n'a pas tenté de me faire tomber. Elle a simplement... **voulu comprendre.** Et dans ce regard-là, j'ai compris moi aussi. J'ai compris que le masque ne tombe pas quand on le déchire. Il tombe **quand on choisit de l'enlever.**

Un silence envahit la salle. Pas un bruit. Pas une toux. Pas un souffle.

Claire Dubois se redressa.

— Je m'appelle Claire. Je suis née sans histoire. J'ai grandi dans le mensonge. Mais aujourd'hui, je choisis de mourir dans la vérité. Pas la mort physique. La mort du rôle. La mort du personnage. Que ce monde entende une chose : **nous sommes tous responsables.** Pas seulement ceux qui ont commandé. Mais ceux qui ont regardé ailleurs. Qui ont préféré l'illusion à l'examen. **Qui ont laissé faire.**

Puis elle conclut, d'une voix brisée mais claire :

— Ce que je vous ai raconté n'est pas un aveu. C'est **un héritage.** À vous de décider si vous voulez qu'il devienne mémoire… ou silence.

Elle descendit de la tribune. Aucun garde ne l'arrêta. Aucun cri ne fut lancé.

Et dans les rues, les écrans, les maisons du monde entier, **le visage d'Élisabeth Marceau se grava dans la mémoire collective.** Non plus comme la Première Dame. Non plus comme l'agente.
Mais comme **le dernier masque tombé.**
Et avec lui, peut-être, **la promesse d'une vérité durable.**

Chapitre 37 : La Dernière Carte

Le soleil déclinait sur Genève quand Léa Moreau reçut l'enveloppe. Pas une lettre. Pas un message numérique. Une enveloppe en papier kraft, glissée dans la poche de sa veste sans qu'elle ne s'en aperçoive. C'est en regagnant son appartement temporaire qu'elle la découvrit. Froissée. Marquée d'un seul mot, tracé à l'encre noire : **"FINIR."**

Elle comprit aussitôt. C'était d'Élisabeth — de Claire.

À l'intérieur, un petit carnet relié, très mince. Et une clé USB, de celles qu'on n'utilise plus depuis des années. Elle referma les rideaux, enclencha son pare-feu local, brancha la clé sur un terminal isolé, et ouvrit le seul fichier qu'elle contenait : un dossier nommé **"PHÉNIX-12 | CLASSÉS VIVANTS."**

Douze profils. Douze agents. Encore actifs.

Léa lut. Un à un. Des noms. Des visages. Des parcours.
Certains étaient restés dans l'ombre. D'autres, à sa stupéfaction, **étaient devenus des figures publiques.** Conseillers politiques, hauts fonctionnaires européens, présidents d'agences de régulation, éditorialistes, diplomates, dirigeants de multinationales stratégiques.

Et tous, selon le dossier, étaient issus **de la même matrice que Claire.**
La dernière génération du programme Phénix.
La **"série Zeta."**

Chaque fiche contenait un résumé : nom de code, mission initiale, spécialité psychologique, méthode d'activation. Tous les agents partageaient un point commun : ils n'avaient jamais été démasqués,

jamais déclarés morts, jamais désactivés.
Ils avaient survécu à la purge. Et ils agissaient encore.

Léa sentit la nausée la prendre. L'ampleur du programme n'était pas seulement historique. Il était **vivant. Organique. Fluide.** Elle comprenait maintenant pourquoi Claire avait gardé cela pour la fin. Ce n'était pas une révélation. C'était **une bombe.**

Elle ouvrit ensuite le carnet manuscrit.
Des notes griffonnées. Des remarques personnelles.
Des phrases comme des éclats de conscience.

"Ils sont le vrai héritage. Je ne pouvais pas les trahir tant que je faisais partie du système."
"Ils m'observent encore. Je le sais. Je le sens."
"Mais si tu lis ceci, Léa, c'est que je suis allée jusqu'au bout. Alors voici ma dernière carte."

Et puis, une adresse. Une localisation GPS. Dans le nord de l'Italie. Un ancien centre de formation désaffecté. Sans doute le **dernier site actif du réseau.**
Une note l'accompagnait :

"Là-bas, tu trouveras le lien. Pas les personnes. Mais leur protocole. Leur relais. Leur origine réelle. Tout ce que même moi je n'ai jamais osé affronter."

Léa ferma les yeux. Elle comprenait ce que cela signifiait.
Elle détenait désormais l'arme la plus dangereuse du siècle.
Non pas une arme nucléaire, ni un virus, ni un pouvoir militaire.

Mais **la vérité sur ceux qui, dans l'ombre, tiraient encore les ficelles de la démocratie.**

Elle appela Jade.

— Il faut que tu viennes. Maintenant.

— Tu vas le publier ?

— Pas encore. Pas comme ça. S'ils sentent que ça fuit, ils disparaîtront. Il faut **les exposer. Tous. En même temps.**

Jade arriva une heure plus tard. Ensemble, elles relurent les dossiers. Chaque ligne était un vertige. Chaque visage, un mensonge public.

— On fait quoi maintenant ? demanda Jade.

— On prépare le grand dévoilement. Mais pas seules. Avec des alliés. Des peuples. Des plateformes résistantes. Un tribunal citoyen mondial.

— Et si on ne survit pas jusque-là ?

Léa ferma le carnet. Son regard brûlait.

— Alors quelqu'un d'autre prendra la relève. Parce que maintenant... **ils sont identifiés.**

Elle rangea la clé dans une pochette étanche, scella l'enveloppe, la copia sur deux disques durs isolés.

Puis elle regarda par la fenêtre.

Dans la ville, les gens marchaient sans savoir que le monde venait de basculer encore une fois.

Mais cette fois, **elle tenait la dernière carte.**
Et elle comptait bien la jouer jusqu'au bout.

Chapitre 38 : L'État Contre-Attaque

Il était 4h07 du matin quand les premières alarmes s'activèrent à l'Élysée. Non pas une intrusion extérieure. **Une mobilisation interne.** Un mouvement d'unités spéciales, lourdement armées, sortant des casernes sans ordre présidentiel. En moins d'une heure, plusieurs points stratégiques de Paris furent occupés : le ministère de l'Intérieur, les centres de télécommunication, le siège de la DGSI. Le tout sans communiqué, sans revendication officielle. Un **coup de force en silence.**

À l'intérieur du Palais présidentiel, Julien Marceau fut réveillé par le chef d'état-major particulier, pâle, livide.

— Monsieur le Président, certaines unités de la 4e division stratégique ont quitté leur base. Elles convergent vers Paris. Et nous venons de perdre le contact avec les transmissions sécurisées du gouvernement.

— Qui les dirige ? demanda Marceau, la voix enrouée.

— Le général Vilcourt, monsieur. Officiellement en retraite depuis six mois. Mais il aurait conservé des relais loyaux dans plusieurs régiments.

Marceau se leva. Lentement. Comme un homme qui comprend qu'il ne peut plus se cacher derrière ses propres silences.

— Ils passent à l'action, murmura-t-il. Ils ne veulent plus sauver le système. Ils veulent le reprendre en main.

À l'aube, Paris avait changé de visage. Des véhicules blindés bloquaient les ponts, des drones survolaient les carrefours stratégiques, des hommes en uniforme non identifiés contrôlaient les accès aux grands bâtiments institutionnels. Les forces régulières étaient figées, hésitantes. La chaîne de commandement était fracturée.

Un communiqué pirate fut diffusé sur les ondes à 6h32 :

"Le pouvoir est défaillant. L'ordre doit être rétabli. La République ne peut pas être abandonnée aux illusions populaires. Le commandement provisoire prend ses responsabilités."

Pas de signature. Pas de drapeau. Mais un ton qui ne laissait aucune place à l'interprétation : **la démocratie était en état de siège.**

À l'Élysée, l'état-major loyaliste organisa la défense. Les grilles furent fermées. Des tireurs d'élite placés sur les toits. Le Président Marceau, enfin sorti de son mutisme, prit la parole dans le bunker de crise :

— Ce que nous vivons n'est pas un soulèvement. C'est une tentative d'extinction. Extinction de la voix populaire, des révélations, du processus de vérité. On veut nous ramener à l'obéissance. Mais **je ne fuirai pas.** Plus maintenant.

Il exigea une liaison directe avec les chefs d'état-major restés fidèles à la légalité. Certains répondirent. D'autres non.

Le doute gagnait les rangs. Car dans cette guerre sans drapeau, **chaque uniforme pouvait être un ennemi.**

Pendant ce temps, Léa Moreau recevait une alerte cryptée. Un message court :

"La série Zeta vient d'activer son protocole final. Ce que tu tiens, c'est la clef de leur reprise. Ils veulent l'Élysée pour effacer les dernières traces. Et faire croire que rien n'a jamais existé."

Elle comprit. Ce coup de force militaire n'était pas simplement politique. **C'était l'opération de nettoyage final.** Une reprise en main violente. Une élimination discrète de tout ce qui liait l'Opération Phénix à l'État profond.

Elle tenta d'appeler le Président. Impossible. Toutes les lignes officielles étaient verrouillées. Alors elle fit ce qu'elle n'aurait jamais cru faire : elle contacta **Pierre Dumas.**

Il répondit en deux tonalités.

— Tu sais ce qui se passe ? demanda-t-elle.

— Mieux que toi, Léa. Ils veulent réinitialiser le système. Par la force. Ils savent que tu as les fichiers. Ils savent que Marceau a changé. Alors ils avancent.

— Tu peux les arrêter ?

— Pas seul. Mais j'ai encore des contacts dans les réseaux d'alerte internationale. Si tu me livres le protocole Zeta... je peux le publier **avant qu'ils ne contrôlent les serveurs.**

— C'est une trahison.

— Non. C'est un accélérateur. Tu veux leur couper les jambes ? **Expose-les. Maintenant.**

À 8h15, alors que les insurgés encerclaient les abords de l'Élysée, une fuite massive de données apparut sur les réseaux sécurisés. Le **dossier Zeta**, avec les identités, les photos, les enregistrements, fut diffusé simultanément en France, en Allemagne, aux États-Unis, et sur les canaux publics de la Cour pénale internationale.

En moins de dix minutes, les réseaux sociaux explosèrent.

Le visage des manipulateurs de l'ombre était désormais connu.

Et avec cette vérité publique, le coup de force perdit de sa cohérence.

Des soldats refusèrent d'avancer. Des officiers désertèrent les postes.

Le général Vilcourt, filmé en direct par un drone infiltré, fut vu en train de donner un ordre de repli. Trop tard.

À 9h02, l'Élysée tint bon. L'armée fidèle avait repris le contrôle de la situation.

Le Président Marceau monta sur le perron, sous les flashs des journalistes, et prononça enfin les mots que le pays attendait :

— Cette attaque contre la République n'a pas échoué à cause des armes. Elle a échoué **parce que vous saviez.** Parce que vous avez vu. Parce que la vérité est désormais un rempart.

Ce jour-là, **l'État avait contre-attaqué.**
Mais c'est **le peuple informé** qui avait tenu la ligne.

Chapitre 39 : L'Heure des Alliances

Le vent avait tourné, mais les cendres flottaient encore dans l'air. La tentative de coup de force militaire avait échoué, mais l'équilibre demeurait précaire. Dans les rues de Paris, les barricades improvisées étaient encore visibles. Des banderoles pendantes, des pavés déplacés, des mots écrits à la hâte sur les murs : **"Ni dictature, ni chaos", "Nous sommes la ligne de résistance", "Plus jamais dans l'ombre."**

Et au cœur de ce tumulte silencieux, **Léa Moreau** se tenait plus seule que jamais.
Elle avait gagné. Du moins, elle en avait l'impression. Le dossier Zeta avait brisé la colonne vertébrale de l'État clandestin. Le peuple avait empêché le retour au pouvoir autoritaire. Et pourtant, **rien n'était encore assuré.**

Car ce vide de pouvoir, ce silence institutionnel, **pouvait encore être rempli par le pire.**

Et c'est alors que les premières ombres revinrent vers la lumière.
Pas des héros. Pas des visages attendus.
Mais **des figures oubliées, écartées, méprisées, parfois même combattues.**

Elle les rencontra un soir, dans un ancien centre culturel réquisitionné par des citoyens. Un lieu discret, aux vitres calfeutrées, éclairé par la seule volonté d'un peuple en éveil.

Le premier à parler fut **Malik Idriss**, ex-syndicaliste accusé autrefois de radicalisme. Il portait les stigmates d'une lutte ancienne, mais son regard était ferme.

— Tu m'as fait tomber il y a six ans, Léa. Un de tes articles. Mais aujourd'hui, je suis là. Parce que je préfère me battre à tes côtés que me taire devant ce qui arrive.

Puis ce fut **Sofia Reznik**, ancienne analyste des services, virée pour avoir dénoncé des pratiques illégales au sein de la DGSI. Elle serra la main de Léa sans sourire.

— Tu as dénoncé ce que j'essayais d'alerter depuis dix ans. On m'a traitée de parano. Aujourd'hui, je te crois. Et je suis prête à reprendre la lutte. Cette fois, ensemble.

À côté d'elle, **le juge Honoré Vanel**, retraité, autrefois craint pour son intransigeance, aujourd'hui marginalisé, reprit :

— Le droit est mort. Légalement. Lentement. On l'a remplacé par des consensus feutrés. Si on veut le ressusciter, il faudra une **coalition morale**, pas seulement juridique.

Enfin, dans un coin, silencieux jusqu'ici, **Pierre Dumas** s'avança. L'air usé, mais l'esprit toujours aussi affûté.

— Je ne suis pas ici pour me faire pardonner. Ni pour être célébré. Je suis là parce que je sais ce que ces gens sont encore capables de faire. Et je sais où ils vont frapper ensuite. Il nous faut une **contre-structure. Une force autonome. Un gouvernement de l'ombre... pour protéger la lumière.**

Léa les écoutait. Et elle comprenait. Ce n'était plus le temps des révélations. **C'était le temps des alliances.** Pas de celles qu'on signe dans l'or ou les salons feutrés. Des pactes de survie. Des pactes de conscience.

Elle prit la parole à son tour.

— J'ai combattu chacun d'entre vous à un moment donné. Par conviction. Par excès. Par peur aussi. Mais aujourd'hui, je ne veux pas qu'on fusionne. Je veux qu'on se rassemble. Pas autour de moi. Autour de ce mot qu'ils ont détruit : **dignité.**

Un silence. Un frisson d'assentiment.

— Nous allons former un **Conseil de Transition Citoyenne**. Ni parti, ni armée. Une structure fluide, ancrée dans la population, relayée par des plateformes libres. Nous serons les **garants provisoires de la démocratie en reconstruction.**

Malik hocha la tête.

— Tu veux un rempart. Alors tu l'auras. Mais ce rempart sera **mobile, imprévisible, résistant.**

Sofia ajouta :

— Et connecté. Chaque ville, chaque quartier, chaque voix pourra nous relayer. Ce sera une **vigilance décentralisée.**

Dumas conclut :

— Ils ont cru que la vérité t'avait isolée. Mais tu viens de créer **une armée de lucides.**

Cette nuit-là, dans un bâtiment anonyme, **naquit l'alliance que personne n'avait vue venir.** Une mosaïque de parcours, d'idéaux, de blessures. Une contre-élite née de la mémoire, non de l'ambition.

Et pendant que les derniers réseaux du pouvoir s'effondraient ou tentaient de se reformer dans l'ombre, Léa Moreau préparait le coup suivant.

Pas une attaque.
Une construction.

Car elle le savait : **ce n'est pas l'ennemi qui définit l'Histoire. C'est l'union de ceux qui refusent de redevenir invisibles.**

Chapitre 40 : La République Suspendue

Il était midi quand l'annonce tomba, tranchante, brutale, dénuée d'explication humaine. Une voix solennelle résonna sur toutes les chaînes nationales, radios publiques et écrans institutionnels :

« **En vertu de l'article 36, et face à la menace persistante d'effondrement de l'ordre républicain, l'État proclame l'instauration immédiate d'un état d'urgence total. Le Parlement est dissous. Les institutions sont suspendues jusqu'à nouvel ordre.** »

Pas un mot sur la durée. Pas un mot sur les responsables. Juste un message froid, d'une précision chirurgicale. La République, déjà fragilisée, venait d'être **mise sur pause.**

Dans les rues, la stupeur fut immédiate. À Paris, les commerces fermèrent en silence. À Bordeaux, les files devant les banques s'allongèrent. À Marseille, des sirènes militaires remplacèrent le chant des klaxons. La République, ce mot mille fois répété, devenu presque décoratif, venait d'être **arrachée au quotidien.**

Et avec elle, **tout repère.**

À l'Élysée, Julien Marceau se tenait seul dans le grand salon aux rideaux tirés. Il n'avait pas signé le décret. Il n'avait pas été consulté. Ce n'était plus lui qui gouvernait. Il le savait. Le coup de force avorté avait laissé un vide, que les « forces de continuité » — comme elles se faisaient appeler — avaient comblé. Pas par des blindés, cette fois, mais par **un texte. Une annonce. Un verrou légal sur la volonté populaire.**

Le président n'était plus qu'un symbole vidé de substance. Un fantôme dans son propre palais.

Léa apprit la nouvelle dans un hangar transformé en centre de coordination citoyenne, à Lyon. Elle était entourée des membres du tout nouveau Conseil de Transition. À peine l'annonce diffusée, les messages affluèrent : révolte à Grenoble, silence à Strasbourg, tensions à Montpellier, stations de métro fermées à Paris, journalistes censurés à Lille. Le pays entrait **dans une zone grise**.

— C'est la fin, dit Sofia Reznik. Le verrou est posé. Tout ce qu'on a construit, ils vont tenter de l'étouffer.

— Ou de l'absorber, murmura Malik. Ils vont nous proposer une transition encadrée, un simulacre de retour à la normale. Mais toujours sans peuple.

— Alors il faut que le peuple **devienne l'alternative**, répondit Léa. Pas un slogan. Une structure. Un choix.

Elle se leva. Fixa chacun de ses alliés dans les yeux.

— Le pouvoir a décidé de suspendre la République. Très bien. Alors nous, nous allons **l'appeler à la reprendre**. À la réinventer. Ensemble. Maintenant.

Dans les heures qui suivirent, un message fut rédigé, relu, signé par cent voix connues et anonymes : enseignants, médecins, agriculteurs, étudiants, anciens magistrats, artistes, gilets jaunes, lanceurs d'alerte. Il fut diffusé sur toutes les plateformes libres.

"La République n'est pas un bâtiment. Ni une Constitution gelée. C'est un peuple debout. Vous l'avez suspendue. Nous la reconstruirons. Non par les armes, mais par la conscience. Par la parole. Par le nombre. Si vous ne voulez plus de démocratie, nous en ferons surgir une nouvelle. Plus claire. Plus proche. Plus forte. Le choix est là. Immédiat.
Soumission.
Ou renaissance."

En quelques heures, le texte devint un manifeste. Il fut imprimé sur des feuilles volantes, projeté sur les murs des villes, inscrit à la craie sur les trottoirs, récité dans les amphithéâtres, traduit dans des dizaines de langues.

Le lendemain, des centaines d'assemblées populaires surgirent spontanément à travers le pays. Pas pour débattre. Pour décider. Des cahiers de doléances réapparaissaient. Des débats constitutionnels étaient lancés sur les places. Des tables rondes réunissaient pour la première fois policiers et manifestants, professeurs et anciens prisonniers, élus déchus et citoyens ordinaires.

Le pays, privé de ses institutions, **redevenait inventeur de sa propre voix.**

Mais la tension restait vive. Le pouvoir officiel, silencieux, observait. Les mouvements de troupes s'intensifiaient. Des drones surveillaient les rassemblements. Des arrestations discrètes reprenaient. Le message était clair : **"On vous regarde. On vous laisse faire. Jusqu'à un certain point."**

Léa, dans ce nouveau réseau de veille, savait ce que cela signifiait.

— Ils espèrent qu'on s'épuisera. Que le chaos nous divisera. Que la peur nous fera reculer. Mais ils oublient une chose.

Jade l'interrogea du regard.

— Qu'on n'attend plus de permission. La République n'est pas suspendue. **Elle s'est simplement déplacée.** Dans chaque voix qui refuse. Dans chaque main qui écrit. Dans chaque esprit qui choisit **de se lever au lieu de se soumettre.**

Et cette fois, Léa n'était plus seule à le croire.

Car **tout un peuple avait compris que l'État pouvait tomber. Mais pas la volonté de redevenir libre.**

Vous avez dit :

Rédige un long chapitre 41. Un Pays au Bord du Gouffre La France est paralysée : grèves générales, couvre-feu dans certaines villes, tensions militaires. L'équilibre républicain menace de s'effondrer.

ChatGPT a dit :

Chapitre 41 : Un Pays au Bord du Gouffre

Le silence avait cédé la place au chaos. Lent, diffus, rampant. Une désorganisation rampante qui n'avait pas l'éclat des révolutions, ni la violence immédiate des guerres, mais **le poison des systèmes en agonie.** La France, paralysée par l'état d'urgence, étranglée par la dissolution du Parlement et privée de représentation, **vacillait.**

Tout avait commencé par des grèves ponctuelles. D'abord les enseignants, puis les infirmiers, les chauffeurs de bus, les agents du rail. Très vite, **tout le pays s'était figé.** Les transports étaient à l'arrêt. Les écoles fermées. Les hôpitaux réduits au minimum vital. Les ports bloqués. Les vols suspendus dans plusieurs aéroports régionaux. Plus de courrier. Plus de tribunaux. **Plus rien.**

À Paris, les files devant les épiceries rappelaient des souvenirs de guerre. Les banques limitaient les retraits. Les distributeurs affichaient : "Service indisponible." Dans les grandes villes, la nuit tombait tôt. Non pas à cause du soleil, mais **des couvre-feux.**

À Marseille, à Strasbourg, à Nanterre, des unités spéciales patrouillaient après 20h. Le silence pesait plus que les cris. Les rues étaient désertes. Les rares passants fixaient les drones dans le ciel comme on regarde une menace à visage métallique. **Une démocratie sans voix.**

Des violences sporadiques éclataient : des affrontements entre groupes pro-institutionnels et militants citoyens, des rixes entre militaires fidèles et partisans de la transition. Le feu couvait. Mais personne ne savait où il commencerait à brûler vraiment.

À l'Élysée, Julien Marceau dormait à peine. Les murs semblaient rétrécir autour de lui. Il n'était plus un président, mais **un otage sous les dorures.** Ses décisions étaient filtrées, ses déplacements contrôlés, ses mots relus avant d'être prononcés. Ceux qui se prétendaient "garants de la stabilité" s'étaient installés autour de lui comme un gouvernement fantôme.

— Nous devons reprendre la main, lança l'un d'eux.

— Par les armes, s'il le faut, insista un autre. Le peuple n'écoute plus. Il faut lui rappeler qui commande.

Mais Marceau savait qu'un coup de force serait la dernière étincelle. Il sentait **la frontière mince entre le contrôle et l'effondrement.** La France ne tenait plus que par **le fil de l'habitude.** Dès que ce fil romprait, **tout plongerait.**

De l'autre côté du pays, Léa Moreau sillonnait les villes avec son équipe du Conseil de Transition. Pas pour provoquer. Pas pour soulever. Pour **écouter.** Elle allait de commune en commune, tenant des réunions à huis clos, des cercles de parole, des forums de veille. Chaque jour, elle recueillait **la peur d'un peuple qui ne voulait pas haïr, mais ne savait plus espérer.**

— On ne veut pas la guerre, lui disait une mère de famille à Tours. On veut juste que quelqu'un nous regarde sans arme à la main.

— On n'est pas des extrémistes, ajoutait un étudiant à Toulouse. On est juste fatigués de mendier le droit d'exister.

Mais à chaque étape, Léa constatait la même chose : **l'équilibre républicain ne tenait plus.** Il tremblait. Il craquait. Et derrière lui, **le vide.**

Dans les casernes, l'angoisse montait. Des généraux dénonçaient à voix basse **l'absence de commandement légitime.** Certains refusaient de déployer leurs hommes. D'autres, pires encore, prenaient l'initiative d'agir **sans en référer à personne.**

Le ministère de la Défense, déjà infiltré par des restes du réseau Phénix, était devenu **une forteresse opaque.** Nul ne savait vraiment qui donnait les ordres. Des rumeurs circulaient sur des listes de surveillance, sur des "éléments perturbateurs" à neutraliser. Les opposants les plus visibles disparaissaient de l'actualité. Censure par omission. Effacement numérique. Silence calculé.

Et pendant ce temps, **le pays se divisait.**

Entre ceux qui voulaient restaurer l'ordre à n'importe quel prix.
Ceux qui voulaient bâtir un monde neuf.
Et ceux qui **voulaient juste que tout s'arrête.**

Le Conseil de Transition lança alors un message à tous les citoyens :

**"Nous n'appelons pas à la révolte. Nous appelons à la vigilance.
Refusez la violence. Refusez la résignation.
Organisez des cercles de parole. Réappropriez vos institutions locales.
Faites revivre la République, là où elle est tombée : dans les cœurs. Dans les regards. Dans les actes."**

Mais le gouvernement de l'ombre répondit par une vague d'arrestations ciblées. Le réseau citoyen de Nantes fut démantelé. Celui de Reims, infiltré. À Lille, une réunion fut interrompue par des militaires. Le ton changeait. **L'avertissement devenait menace.**

Léa, dans une école désaffectée transformée en centre de coordination, comprit enfin. Le moment décisif approchait.

— Ce pays tient encore debout, dit-elle à Jade, **non pas grâce aux lois, mais à une force invisible : la peur ou l'espoir.**

Et ce que nous vivons, c'est **le dernier moment où l'on peut encore choisir entre les deux.**

Parce que bientôt, il n'y aurait plus de voix.
Plus de ponts.
Plus d'issue.
Juste **le gouffre.**

Et elle savait que si la France tombait, **ce ne serait pas d'un coup. Ce serait dans le silence.**

Chapitre 42 : La Cellule de l'Ombre

Tout avait commencé par une anomalie. Une suite de connexions repérées par Sofia Reznik sur le réseau décentralisé de coordination citoyenne. Des paquets de données échangés à des heures fixes, toujours selon le même schéma, toujours à travers des relais cryptés que même les anciens de la DGSI peinaient à décrypter. À première vue, rien de suspect. Mais le schéma revenait. Encore. Et encore. Comme un battement codé. Un pouls numérique trop régulier pour être accidentel.

— Ce n'est pas une simple interférence, dit Sofia en projetant les flux sur l'écran. C'est une infrastructure vivante. Un réseau encore actif. Invisible. Propre. Organisé.

Léa se pencha.
— Tu veux dire que l'Opération Phénix…

— …n'est pas morte, termina Sofia. Elle a **réduit sa voilure. Elle a survécu.** Ce qu'on a mis à nu, ce qu'Élisabeth nous a donné, c'était une partie du monstre. Mais le cœur bat toujours.

On l'appelait **la Cellule de l'Ombre.** Un groupe restreint, insaisissable, composé des derniers hauts stratèges du programme. Pas des agents de terrain. Pas des exécutants. **Les architectes.** Ceux qui tiraient les ficelles. Ceux qui n'étaient jamais apparus dans les fichiers Zeta, ni dans les aveux d'Élisabeth. Même Claire, dans ses carnets, n'avait que des indices flous sur leur existence.

Mais ils étaient là.
Et surtout : **ils agissaient encore.**

Leurs objectifs ? **Saboter la reconstruction démocratique. Instiller la confusion. Diviser les réseaux citoyens.**
Dans les dernières semaines, plusieurs événements leur avaient été attribués de manière indirecte :

– Une campagne de désinformation attribuant de fausses citations à Léa sur les réseaux, afin de la discréditer auprès de ses soutiens.

– Des documents falsifiés injectés dans les plateformes de propositions constitutionnelles pour provoquer le chaos législatif.

— L'infiltration du Conseil de Transition lui-même par deux agents dormants, démasqués de justesse par Pierre Dumas.

Mais jusqu'ici, aucune preuve formelle. Aucun nom. Aucune localisation.

Jusqu'à ce jour.

Scar, l'ancien pirate informatique devenu allié de l'Alliance, intercepta une communication codée qui contenait un nom de lieu. Court. Brut. Troublant :
"Aurum."

Après recoupement, ils comprirent. Il ne s'agissait pas d'un mot de passe. Ni d'un code d'opération.

Aurum était un ancien complexe militaire enterré dans les Vosges, officiellement démantelé dans les années 90, mais resté en activité officieuse comme base de formation pour des unités spéciales.

Et selon les flux interceptés, **quelque chose y vivait encore. Quelque chose d'organisé.**

Léa convoqua une réunion restreinte dans un sous-sol de Dijon.

— Si c'est vrai, dit-elle, alors ce que nous affrontons n'est pas seulement un reste de réseau. C'est **le noyau dur.**
Celui qui coordonne les sabotages, les infiltrations, les campagnes de discrédit.
Celui qui attend que le chaos s'approfondisse pour **proposer une sortie autoritaire.**

Pierre Dumas acquiesça.

— Ce qu'ils préparent, ce n'est pas une réplique. C'est une **renaissance inversée.** Si on les laisse faire, ils vont bâtir une nouvelle légitimité à partir de la peur. Ils vont se présenter comme les seuls capables de restaurer l'ordre. Et beaucoup suivront. Fatigués. Brisés. Résignés.

Jade se leva.

— Alors il faut les exposer. Les arracher à leur anonymat. Les nommer. Les filmer. Montrer **au monde entier** qui orchestre le sabotage.

Léa serra les poings.

— Non. Pas seulement les montrer. Il faut **les empêcher.** Maintenant. Avant qu'ils ne frappent une dernière fois.

Une opération discrète fut montée.
Nom de code : **"Lanterne."**

Objectif : infiltrer le site d'Aurum, identifier les membres de la Cellule, extraire les données, transmettre la preuve au réseau citoyen et aux médias internationaux.
Un seul mot d'ordre : **aucun affrontement. Aucun tir. Aucun martyr.**

Car Léa savait. Si la Cellule tombait dans l'ombre, en silence, **elle survivrait ailleurs.**
Mais si elle tombait **au grand jour**, si ses visages devenaient publics, si ses actes étaient exposés sans masque ni voix modifiée, alors, peut-être... peut-être cette République mourante aurait une chance d'être **reconstruite proprement.**

À la sortie de la réunion, Sofia s'arrêta.

— Tu es prête pour ça ?

Léa hocha la tête.

— Non. Mais **le pays n'est plus prêt à attendre.**

Et dans le ciel noir de la nuit vosgienne, **la dernière traque venait de commencer.**

Car dans les profondeurs d'un bunker oublié, **la République était tenue en otage.**

Et Léa comptait bien aller **chercher la clef.**

Chapitre 43 : Le Pacte Rompu

Julien Marceau fixait l'écran sans le voir. Dans le bureau présidentiel plongé dans la pénombre, la lumière bleutée du moniteur projetait sur son visage les dernières images d'un monde qui lui échappait. Manifestations massives, tribunaux citoyens, cellules autonomes de gouvernance populaire, délégations étrangères appelant à la médiation. Et surtout, cette vérité implacable, cette lame qu'il sentait lentement glisser vers sa gorge : **il était devenu l'homme de trop.**

Il avait cru, un temps, pouvoir incarner le pont entre l'ancien monde et le nouveau. Rester en place, en silence, protéger les institutions sans en trahir l'esprit. Il n'avait pas ordonné l'état d'urgence. Il n'avait pas signé la dissolution du Parlement. Ces décisions avaient été prises dans son dos, imposées par les restes de la Cellule de l'Ombre infiltrés jusque dans les rouages de l'État. Mais il avait laissé faire. Il n'avait pas dénoncé. Il n'avait pas résisté.

Et aujourd'hui, **le pays lui demandait des comptes.**

Trois jours plus tôt, il avait tenté de négocier. En coulisses, il avait envoyé des émissaires auprès du Conseil de Transition. Il leur avait promis une « sortie honorable ». La tenue d'une convention constitutionnelle, l'abandon de l'état d'urgence, et sa propre retraite discrète après un « temps de stabilisation ».

Mais Léa Moreau avait refusé.

— Vous ne pouvez pas restaurer la République en négociant avec ceux qui l'ont rendue malade. La démocratie ne se reconstruit pas à huis clos. Elle se reconstruit **en vérité.**

Julien avait reçu cette réponse comme un coup de marteau.

Puis, les révélations étaient arrivées. Publiées en pleine nuit par un réseau indépendant, elles firent l'effet d'une bombe.
Des enregistrements. Des notes confidentielles. Des extraits de correspondances.
Des documents prouvant que **Julien Marceau avait été informé, dès 2017, de l'existence d'un programme de formation parallèle dans les services civils**, une version atténuée mais bien réelle de ce qui allait devenir le versant institutionnel de l'Opération Phénix.
Il n'avait pas agi.

Il n'avait pas alerté.

Et pire : il avait **utilisé certains de ses résultats.**

Une phrase, extraite d'un mémo interne, revenait sans cesse dans les médias :

"Si ces agents sont loyaux, qu'importe leur origine. L'important, c'est qu'ils consolident le projet présidentiel."

Ce matin-là, l'Élysée était assiégé par l'indignation. Pas par des manifestants. Par les mots. Par les regards. Par les appels de diplomates qui se désolidarisaient. Par les médias étrangers qui parlaient de lui comme d'un "président au passé contaminé."

Il se tenait debout, face à ses plus proches conseillers. Ou ce qu'il en restait.

— Je peux encore m'expliquer, dit-il. Je peux dire que je ne savais pas tout.

— Le peuple ne veut plus d'explication, répondit l'un d'eux. Il veut un acte.

Julien Marceau se tourna vers la fenêtre. La cour de l'Élysée était vide, mais il sentait le poids des regards au-delà des grilles.

— Si je pars, ils gagneront, murmura-t-il.

— Si vous restez, **vous les poussez à l'affrontement.**

Il ne répondit pas. Mais son visage, creusé par l'épuisement, en disait long. Il avait tenu. Il avait résisté. À la peur. À l'humiliation. À la solitude.

Mais ce qu'il affrontait maintenant, ce n'était plus un scandale. C'était **sa propre compromission.**

Et ce pacte tacite qu'il avait cru pouvoir maintenir — ce pacte qui liait encore les citoyens aux institutions — **était rompu.**

Il convoqua une dernière réunion. Avec ses chefs militaires encore fidèles, avec les restes du Conseil d'État, avec deux juges constitutionnels.

Il leur parla sans notes. D'une voix fatiguée, mais droite.

— Ce n'est plus ma place. Mais je ne veux pas partir sans laisser une porte ouverte. Je ne veux pas fuir. Je veux **transmettre.**

Un silence.

— J'annoncerai ce soir la fin de mon mandat. Mais pas comme une fuite. Comme un choix. Celui de redonner au peuple ce que nous avons confisqué trop longtemps.

Le soir venu, dans un message sobre, sans drapeau ni musique, **Julien Marceau annonça sa démission.**

Pas en héros.
Pas en martyr.
En **homme vaincu par la vérité.**

— Je n'ai pas été un traître. Mais j'ai été un complice passif. Et dans les temps que nous vivons, l'inaction est une forme de trahison.
Je rends le pouvoir. À ceux qui le détiennent depuis toujours.
À vous.

Puis il éteignit la caméra.

Et pour la première fois depuis des mois, **il se sentit libre.**

Léa apprit la nouvelle dans une ruelle de Lyon, au milieu de militants fatigués et de passants encore incrédules. Elle ne sourit pas. Ne pleura pas. Ne commenta pas.

Elle leva simplement les yeux vers les écrans géants, où les mots s'affichaient en silence.

"Le Président a quitté ses fonctions."

Et elle murmura :

— **Alors maintenant... tout commence.**

Chapitre 44 : Le Dernier Journal d'Élisabeth

C'est dans une maison abandonnée, nichée à flanc de montagne au cœur du Vercors, que le carnet fut retrouvé. Caché dans une double cloison, protégé dans une pochette étanche, **comme un aveu enfoui dans la roche.** L'ancienne propriétaire, une institutrice à la retraite ayant fui la région depuis l'état d'urgence, avait signalé un passage mystérieux dans la maison un mois plus tôt. Elle ne savait pas qui. Ni quand. Mais elle avait trouvé une empreinte de pas devant la bibliothèque, des pages arrachées dans un roman, et un parfum oublié dans l'air. Une senteur unique, subtile, que Léa reconnut aussitôt. **Celui d'Élisabeth Marceau.**

Le carnet était noir, à la couverture mate, sans titre. À l'intérieur, une écriture fluide, précise, plus fragile que dans le premier carnet. **Un autre ton. Une autre femme.** Pas la stratège. Pas la recrue. Pas la Première Dame. Mais **la survivante.**

Il commençait ainsi :

"Je ne sais pas si quelqu'un lira ceci. Peut-être Léa. Peut-être personne. Mais il faut que les mots sortent. Parce que quand on garde tout en soi, on finit par se dissoudre."

Page après page, Claire Dubois – redevenue elle-même – posait ses pensées comme on dresse un portrait de guerre intérieure.

"Je suis fatiguée. Fatiguée d'avoir été un mensonge. Fatiguée d'avoir été utile, brillante, désirée... mais jamais réelle. On m'a sculptée. On m'a construite. Et quand j'ai voulu être simplement moi, il ne restait rien."

Elle parlait de Julien avec une tendresse douloureuse.

"Je l'ai aimé. Je crois. À ma manière. Mais je ne pouvais pas lui dire qui j'étais. Et lui, il n'a jamais vraiment voulu le savoir. Nous étions deux acteurs, prisonniers du même décor."

Elle évoquait aussi son rapport au pouvoir, avec une lucidité désarmante.

"Le pouvoir ne m'a jamais grisée. Il m'a tenue debout. C'était ma seule colonne vertébrale. Sans lui, je m'effondrais. C'est pour ça que j'ai tant

tenu. Parce que si je quittais la scène, je retournais à l'oubli. Et je préférais la haine à l'effacement."

Puis venaient les pages les plus poignantes. Celles où elle se confrontait à elle-même. Non plus à travers les faits, mais à travers **ses silences. Ses complicités. Ses renoncements.**

"Je ne suis pas coupable d'avoir été créée. Mais je suis coupable d'avoir accepté de me taire. De regarder ailleurs. D'avoir compris, trop tôt, et choisi de ne rien dire. Parce que j'avais peur. Peur d'être seule. Peur de disparaître."

Et pourtant, jamais elle ne cherchait l'excuse. Ce carnet n'était pas une tentative de réhabilitation. C'était un chant funèbre, sans pathos, d'une femme qui **avait vu la vérité se refléter dans les yeux de Léa**, et qui, pour la première fois, s'était trouvée face à elle-même.

"Léa… tu ne m'as pas poursuivie. Tu m'as révélée. Et pour ça, je te hais un peu. Mais je te remercie aussi. Parce que sans toi, je serais morte dans l'illusion. Je suis morte dans la vérité. Et c'est une meilleure fin."

À la fin du carnet, une seule page portait une phrase isolée, écrite d'une main hésitante :

"On peut échapper à l'État. Pas à sa propre conscience."

Léa lut ce carnet dans un silence complet, entourée de ses compagnons du Conseil de Transition. Personne ne parla. Personne ne jugea. Il n'y avait rien à commenter. Seulement **à sentir. À comprendre. À porter.**

Elle referma doucement le journal, le serra contre elle.

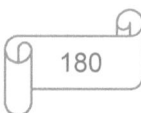

— Elle ne s'est jamais pardonnée, dit-elle à voix basse.

— Mais elle a tenté de réparer, murmura Jade.

— Elle a tendu la main… dans le noir, ajouta Malik.

Et Léa, les yeux perdus dans le vide, ajouta :

— Alors c'est à nous de saisir cette main. Même si elle tremble. Même si elle n'a plus de force. Parce que c'est peut-être ça, la justice : **ne pas oublier, mais ne pas condamner éternellement.**

Le carnet fut archivé, numérisé, conservé. Non pas pour faire d'Élisabeth une héroïne.
Mais pour que **le visage humain derrière le masque reste visible.**
Pour que demain, ceux qui gouverneront, ceux qui choisiront, ceux qui résisteront, sachent ceci :

"Personne ne naît monstre.
Mais le silence peut en créer.
Et la vérité peut encore en sauver."

Chapitre 45 : L'Opération Résurgence

Le nom avait été choisi avec soin : **Opération Résurgence**. Ni vengeance, ni révélation explosive. Résurgence. Comme un souffle qui remonte des profondeurs. Une remontée lente, irréversible, **de la vérité**

enfouie. Car après les aveux, les témoignages, les fragments, il restait encore **le cœur du secret.** Le noyau de Phénix. Les fichiers bruts. Les rapports. Les protocoles. Les programmes. Tous les documents collectés depuis des mois, classés, authentifiés, recoupés. Jusqu'ici, ils n'avaient jamais été dévoilés dans leur intégralité. Léa les avait gardés, protégés, dosés comme une arme trop puissante pour être utilisée à la légère.

Mais le moment était venu.
Parce que le monde doutait encore.
Parce que les élites commençaient déjà à relativiser.
Parce que les puissants s'organisaient pour écrire une autre version de l'histoire.
Parce que si la lumière ne balayait pas les derniers recoins, **l'ombre reviendrait.**

Tout commença dans un hangar désaffecté à la frontière suisse. Léa y retrouva une dizaine de journalistes venus des quatre coins du monde : États-Unis, Brésil, Allemagne, Afrique du Sud, Japon, Liban. Pas des stars. Pas des visages de plateau. **Des résistants de l'information.** Des femmes et des hommes qui avaient payé leur engagement au prix fort : licenciements, menaces, exils, silences.

— Ce n'est pas un scoop, leur dit Léa. C'est un point de bascule. Si on le fait mal, on provoque un chaos inutile. Si on le fait bien, on donne au monde **une boussole.**

Autour d'elle, Jade, Sofia, Pierre Dumas, Malik Idriss et Scar — le hacker — constituaient le cercle stratégique. Leur mission : organiser **la** plus grande publication coordonnée d'archives confidentielles de l'histoire moderne.

Ils baptisèrent l'opération **"Résurgence"** pour une raison simple :

Il ne s'agissait pas de tuer Phénix.
Mais d'empêcher sa renaissance.

Pendant plusieurs jours, les journalistes s'attelèrent à une tâche titanesque : lire, trier, vérifier, croiser les sources, traduire, adapter. Il y avait des milliers de fichiers. Des centaines de noms. Des centaines d'heures d'enregistrements. Des organigrammes, des courriels internes, des procès-verbaux, des fiches d'entraînement, des rapports médicaux sur les manipulations mentales, des images. Des preuves irréfutables que **l'Opération Phénix n'avait pas été un dérapage, mais un projet systémique.**

Et que ce projet **avait inspiré d'autres réseaux dans d'autres pays.**

La Corée du Sud. L'Égypte. Le Mexique. L'Ukraine. Le Nigeria.
Partout, des structures similaires. Des protocoles calqués. Des programmes jumeaux.
Phénix n'était pas une anomalie française. C'était **un modèle transnational d'ingénierie du pouvoir.**

Léa comprit alors que **le scandale n'était plus national. Il était civilisationnel.**

La date fut fixée : **le 17 mars, à 20h, heure universelle.**
Chaque média partenaire diffuserait, en même temps, sur ses plateformes, la totalité des archives. Des résumés accessibles. Des

infographies. Des documents originaux en téléchargement. Et surtout :
Des visages.
Des noms.
Des fonctions.
Des responsabilités.

Leur sécurité serait assurée par un réseau de serveurs miroirs répartis dans vingt-cinq pays, gérés par des hackers éthiques, des ONG de défense des droits numériques, et des associations de presse libre.

Ils baptisèrent cette structure technique **"La Toile Claire."**
Une réponse au réseau obscur de Phénix.
Une mémoire qui ne peut plus être effacée.

La veille de la diffusion, Léa rassembla tout le groupe dans la salle commune. Elle tenait dans les mains la clé d'activation. Une simple séquence numérique qui déclencherait la mise en ligne globale.

— Ce que nous allons faire n'est pas un acte de bravoure. C'est un acte de soin. Un soin collectif. Pour recoller ce que l'État a fracturé. Pour redonner au peuple **la totalité de l'histoire.**

Elle marqua un silence.

— Les conséquences seront immenses. Des gouvernements vacilleront. Des réputations tomberont. On dira que c'est irresponsable. Mais le vrai danger, **c'est l'omission.** La vérité, elle, est exigeante, mais libératrice.

Chacun acquiesça. En silence. En profondeur. Comme on accepte **un serment.**

Le 17 mars à 20h, **l'Opération Résurgence fut lancée.**

Les serveurs activés.

Les archives diffusées.

Le monde, confronté à sa propre mécanique cachée.

Et dans les minutes qui suivirent, **le silence fut absolu.**

Puis les réseaux s'enflammèrent.

Les plateaux télé s'affolèrent.

Les citoyens prirent la parole.

Et partout, un même sentiment :
On ne pourra plus faire comme si on ne savait pas.

Ce soir-là, Léa regarda le ciel, les yeux brûlés par l'écran.

Jade lui murmura :
— C'est fini ?

Elle répondit :
— Non.

C'est juste **la première fois qu'on peut commencer…
en regardant tout en face.**

Chapitre 46 : Les Derniers Masques

Ce fut une nuit sans sommeil. Une nuit de veille, de fièvre, d'écrans qui clignotaient dans chaque salon, chaque café resté ouvert, chaque bureau improvisé. Partout, les fichiers de l'**Opération Résurgence** avaient été téléchargés, partagés, commentés. Et au milieu des documents, des listes, des schémas, **des noms apparurent.** Des noms qu'on croyait intouchables. Des noms que l'on voyait tous les jours. **Des visages familiers.**

Les révélations n'étaient plus théoriques. Elles n'étaient plus historiques.
Elles étaient **présentes, brûlantes, immédiates.**
Et pour la première fois, les masques tombèrent **en plein jour.**

Dans les médias, le choc fut frontal.
Une célèbre présentatrice de la chaîne publique avait transmis des éléments de langage fournis par un agent actif de Phénix depuis plus de cinq ans.
Un éditorialiste reconnu pour sa modération était, selon les documents, **un relais psychologique**, chargé d'amortir les vagues de contestation à travers des récits modérés, faussement critiques.
Une journaliste d'investigation, ancienne collaboratrice de Léa, avait signé un contrat avec un cabinet de conseil dissimulant les opérations de Phénix à l'étranger.

À la télévision, le malaise était palpable. Les invités se décommandaient. Les animateurs évitaient les mots. Certains tentaient de nier, d'autres imploraient la prudence. Mais les images, les emails, les enregistrements, les virements bancaires… **tout était là.**

Et surtout : **des visages politiques.**

Un ancien Premier ministre.
Deux ministres en poste.
Un commissaire européen.
Un membre influent du Conseil constitutionnel.

Tous liés. Par des actions directes, ou par un silence complice.
Par des réunions secrètes.
Des financements occultes.
Des interventions sur les nominations, les votes, les campagnes de désinformation.

Les noms étaient exposés.
Les masques étaient déchirés.

Dans la rue, la réaction fut immédiate.
Des manifestations spontanées éclatèrent partout. Pas contre une mesure. Pas contre une loi.
Contre une trahison.

À Paris, les murs se couvrirent de phrases simples, tracées au feutre noir ou à la peinture blanche :
"Pas de pardon."
"Justice immédiate."
"On nous a volé notre démocratie."

Dans les gares, dans les lycées, dans les universités, les mêmes mots circulaient :

Procès.

Destitution.

Responsabilité.

Le Conseil de Transition reçut des milliers de messages, de vidéos, de témoignages. Des citoyens prêts à témoigner, à porter plainte, à organiser des procès populaires, **à ne plus attendre.**

Mais Léa savait que cette colère, si elle n'était pas canalisée, risquait de **détruire ce qu'ils tentaient de reconstruire.**

Dans une salle discrète de Marseille, elle réunit ses alliés.

— On a fait tomber les masques. Mais ce qu'on voit derrière, c'est **notre propre naïveté.** Ces gens n'étaient pas des monstres. Ils étaient **compatibles** avec le système. C'est ça, le danger.

— Tu veux les protéger ? lança un jeune juriste du réseau.

— Je veux les juger. Mais **justement. Juger. Pas lyncher. Pas expulser dans le chaos.**

Sofia Reznik acquiesça.

— Il faut inventer un nouveau processus. Un procès public. Civil. Transparent. Et collectif. Pas une justice spectacle. Une justice fondatrice.

Léa regarda autour d'elle. Elle vit la tension. Le vertige. La peur de perdre le contrôle.

Mais elle savait aussi que ce moment était unique.

Alors elle prit une décision :

— Nous allons créer un **Tribunal Citoyen pour la Vérité et la Responsabilité.**

Ouvert.

Transnational.

Indépendant.

Les accusés auront une voix. Les victimes aussi.

Mais surtout : **le peuple assistera. Et jugera.**

Un silence.

Puis un murmure d'assentiment.

— Et en attendant ? demanda Jade. Que fait-on de ceux qui sont encore en poste ? De ceux qui agissent encore ?

Léa serra les dents.

— Nous publions tout.

Chaque ligne.

Chaque compte.

Chaque contrat.

Ils tomberont. Non pas parce qu'on les chasse.

Mais parce qu'ils ne peuvent plus se cacher.

Ce soir-là, une seconde vague de documents fut diffusée.

Et le lendemain matin, **la peur changea de camp.**

Dans les ministères, dans les rédactions, dans les conseils d'administration, **on fuyait.**
On effaçait.
On paniquait.

Parce que cette fois, **les derniers masques n'avaient pas seulement été arrachés.**
Ils avaient été montrés.
Nus.
Et sans retour possible.

Le pays tenait sa justice entre les mains.
Et Léa, enfin, **tenait la ligne de front.**

Chapitre 47 : Le Procès du Siècle

Le monde n'avait jamais vu ça.
Pas un procès militaire.
Pas une commission d'enquête bureaucratique.
Un tribunal international, civil, citoyen, transparent. Une scène de vérité installée non pas dans les caves feutrées du pouvoir, mais **au centre du monde.**

Le lieu choisi était hautement symbolique : **le Palais des Nations à Genève**. Là où depuis des décennies on avait tenté de parler de paix, de droit, de responsabilité. Mais jamais de cette façon.
Car cette fois, **les accusés n'étaient pas des dictateurs lointains.**
C'étaient **des démocrates trahis par leur propre masque.**

Le nom officiel fut donné à l'aube du 1er avril :
Tribunal International pour la Vérité, la Souveraineté et les Droits des Peuples.
Il réunissait douze juges : quatre magistrats internationaux, quatre juristes citoyens élus par des assemblées populaires, quatre membres indépendants tirés au sort parmi les pays non-alignés.

Le procès allait durer plusieurs semaines. Chaque jour, il serait **retransmis en direct dans le monde entier**, sous-titré, commenté, analysé...
Mais jamais tronqué.
Aucune coupure.
Aucune censure.
Aucune exception.

Le premier jour, la salle était pleine à craquer. Des caméras installées dans tous les angles. Des journalistes de cent pays. Et une ligne d'accusés, sobres, surveillés, mais traités avec humanité.

Julien Marceau était là. Le visage tiré, mais debout. Il avait accepté de comparaître volontairement. Il refusait d'être jugé comme un criminel de guerre, mais il savait que son inaction, ses silences, **son pacte rompu**, faisaient de lui **un maillon essentiel de l'engrenage.**

À sa gauche, **Claire Dubois**, ex-Élisabeth Marceau, regardait droit devant elle. Elle ne portait plus de masque. Plus de maquillage. Plus de nom d'épouse. Elle n'avait pas fui. Elle avait demandé à témoigner. À tout dire. Encore.

Pas pour se défendre.

Pour finir ce qu'elle avait commencé.

Autour d'eux : cinq anciens hauts fonctionnaires, deux responsables de médias, un ex-lobbyiste européen, un général à la retraite, et une ancienne directrice d'un institut d'analyse politique qui s'était révélée être **la stratège invisible du projet Phénix.**

Le procès débuta avec la lecture des charges.

Des mots simples, clairs, sans haine :

"Manipulation institutionnelle à des fins d'ingénierie du consentement.
Violation systémique des droits démocratiques fondamentaux.
Complicité dans la dissimulation d'une structure clandestine au sein d'un État de droit."

Puis les témoignages commencèrent.

Des victimes.

Des agents repentis.

Des familles détruites.

Des citoyens manipulés.

Et puis, un moment de bascule.

Léa Moreau elle-même entra dans la salle.

Le silence fut total.
Elle s'assit. Droite.
Et elle parla.

— Ce que nous jugeons ici n'est pas une erreur politique. Ce n'est pas une défaillance. C'est une **organisation délibérée** du mensonge pour maintenir le pouvoir. Et ce que nous faisons, ce n'est pas une vengeance. C'est **un soin profond. Une restauration.** Pas seulement des institutions. **Mais de la dignité citoyenne.**

Puis elle s'adressa directement à Claire :

— Vous avez trahi. Vous avez détruit. Mais vous avez parlé.
Et dans ce tribunal, il n'y a pas que la culpabilité. Il y a **la possibilité d'une vérité entière.**

Claire baissa les yeux. Puis hocha la tête.

Julien, lui, resta impassible. Jusqu'à ce qu'on lui donne la parole.

Il se leva. Et dit simplement :

— J'ai voulu tenir. Sauver ce qui pouvait l'être. Mais j'ai trop attendu.
Trop avalé. Trop cédé.
Je ne suis pas innocent.
Je ne suis pas un monstre.
Je suis ce que produit **un système qui récompense le silence.**

Un long silence accueillit ses mots.

Le procès se poursuivit pendant des semaines.
Chaque jour révélait une pièce du puzzle.

Chaque audience rapprochait le monde **de sa propre introspection.**
Ce n'était plus seulement la France qui se jugeait.
C'étaient **toutes les démocraties abîmées.**

Et dans les écoles, dans les universités, dans les prisons, dans les parlements, on regardait. On écoutait. On écrivait.

Un nouveau droit naissait sous les yeux du monde :
le droit de savoir.
Le droit de demander des comptes.
Le droit d'être gouverné en conscience.

À la fin du premier mois, le président du tribunal déclara :

— Ce procès ne rendra pas tout. Il ne guérira pas tout. Mais il inscrit une chose dans la mémoire humaine :
Plus jamais sans nous.
Plus jamais sans vérité.
Plus jamais sans lumière.

Et dehors, sur les places du monde entier,
le peuple applaudissait.
Pas pour punir.
Mais pour se relever.

Chapitre 48 : Le Verdict du Peuple

Les rues étaient pleines à craquer, mais plus rien ne ressemblait aux cortèges silencieux du début. Maintenant, **c'était une fracture ouverte**, une plaie béante entre deux Frances qui ne se regardaient plus. D'un côté, les partisans de la refondation, portés par les révélations du procès, convaincus que la République ne pouvait renaître qu'en partant de zéro. De l'autre, les tenants de l'ordre ancien, plus nombreux qu'on ne l'avait cru, nostalgiques de la stabilité, révoltés par ce qu'ils appelaient une "justice spectacle".

— On veut l'ordre ! criaient certains, brandissant des drapeaux frappés du sceau tricolore.

— On veut la vérité jusqu'au bout ! hurlaient les autres, le poing levé, la Constitution en main.

Les affrontements éclatèrent dans plusieurs villes. À Bordeaux, des véhicules furent incendiés. À Nantes, la préfecture fut brièvement occupée par des groupes citoyens avant d'être reprise par la police. À Marseille, des milices pro-institutionnelles affrontèrent des collectifs populaires dans une bataille de rue digne d'un pays au bord de la guerre civile. À Paris, la tension atteignit son apogée sur la place de la République, devenue une ligne de front symbolique. D'un côté, les "Gardiens de l'Héritage", une coalition de fonctionnaires, d'élus conservateurs et de partisans de l'ancien ordre. De l'autre, les "Assemblées Libres", groupements citoyens organisés autour du Conseil de Transition.

Le pays était suspendu.

Les appels au calme se multipliaient, mais n'étaient plus écoutés. Les tribunaux citoyens siégeaient encore, mais leurs décisions étaient contestées dans les territoires fidèles à l'ancien appareil d'État. Le procès du siècle, toujours en cours, alimentait autant l'espoir que la rage. Et au cœur de cette tempête, **une question émergeait : qui décide maintenant ?**

Le Conseil de Transition convoqua une session exceptionnelle. Léa, blême mais déterminée, prit la parole :

— Le risque est là. Une guerre civile larvée. Une scission irréversible. Ce que nous devons faire maintenant, c'est ce que l'ancien monde a toujours refusé :
donner la parole.
La vraie.
La totale.

Silence.
Puis elle posa sur la table un document unique.
Un texte simple. Direct. Lisible.
Un projet de nouvelle République.
Coécrit par 300 assemblées locales, amendé par 500 000 citoyens en ligne, consolidé par des juristes.

Et surtout :
non imposé.
Proposé.

— Ce texte, dit Léa, ne sera pas imposé par décret.
Il sera soumis au peuple.

Par référendum.
Et ce ne sera pas un oui ou non sans conséquences. Ce sera **le verdict du peuple.**

L'annonce fut relayée dans la soirée sur toutes les plateformes encore libres :

RÉFÉRENDUM NATIONAL POPULAIRE – DATE : 25 MAI
Question : "Souhaitez-vous l'adoption d'une Nouvelle République fondée sur le texte proposé par les Assemblées Citoyennes ?"
Réponse : OUI / NON

Le mot d'ordre fut lancé :
"Un bulletin pour reconstruire ou un bulletin pour revenir."
Et tout le monde comprit que ce référendum n'était pas seulement un choix institutionnel.
C'était le point de non-retour.

Les jours suivants, la France retint son souffle.

Les pro-ordre organisèrent des meetings massifs, accusant le Conseil de Transition de manipuler les émotions.
Les réformistes multipliaient les débats ouverts, les lectures publiques du texte, les explications ligne par ligne.

La presse internationale parlait de "la mère de tous les votes modernes."
L'ONU envoya des observateurs.
Des millions de citoyens français résidant à l'étranger demandèrent à pouvoir voter.
Les inscriptions explosèrent.

Mais sur le terrain, la peur grandissait.

Des attaques furent menées contre des centres de vote anticipé.

Des figures de la refondation reçurent des menaces.

Léa elle-même dut changer de lieu de résidence chaque nuit.

Et pourtant, elle restait calme.

— Nous devons aller jusqu'au bout, répétait-elle.

Parce que **la République suspendue ne sera rendue vivante que par une seule chose : le choix.**

Le vrai.

Celui qu'on ne contrôle pas.

Celui qu'on ne retarde pas.

Celui qu'on n'encadre pas.

Le soir du 24 mai, la veille du scrutin, la tension atteignit son paroxysme.

Des affrontements éclatèrent près du Sénat.

Des routes furent bloquées.

Des villes se barricadèrent.

Et pourtant, dans les foyers, une lumière restait allumée.

Celle de la **première décision collective authentique depuis des décennies.**

À minuit, Léa écrivit quelques lignes dans son carnet :

"Demain, ce ne sera plus à moi de parler.

Demain, ce ne sera plus un livre à écrire.

Ce sera un verdict.

Et je l'accepterai.

Parce que c'est le prix de la démocratie.

Pas le confort.
Le courage."

Et dehors, dans la nuit agitée,
le peuple s'apprêtait à choisir.
Pas entre deux partis.
Pas entre deux promesses.
Mais entre deux mondes.

Chapitre 49 : Les Archives Interdites

C'était une porte que personne ne devait jamais franchir. Un couloir sans nom, dissimulé au sous-sol d'un bâtiment gris dans le quinzième arrondissement de Paris, accessible seulement par un ascenseur sans boutons, déclenché par un badge spécial que seuls quatre hommes en France avaient déjà tenu entre leurs doigts. La **salle 643-D**, officiellement "zone d'observation cybernétique inactive", était en réalité **le cœur d'un secret plus grand que l'Opération Phénix.** Un secret européen. Une ambition déchue. Et maintenant, **le dernier puzzle à assembler.**

Léa y entra avec un souffle suspendu. Le badge lui avait été remis par Sofia Reznik, après une opération silencieuse menée avec deux anciens agents loyaux de la DGSI. Même le nouveau gouvernement provisoire n'était pas au courant. Léa savait qu'elle violait la loi. Mais elle savait aussi que, dans une démocratie encore en gestation, **la légitimité se gagne parfois à la marge.**

La salle était plongée dans une pénombre constante, éclairée par des néons pâles et le clignotement discret de serveurs alignés comme des soldats figés. Sur les murs, aucune trace de papier. Pas de dossiers physiques. Tout était numérisé, crypté, vivant. Elle s'installa face au terminal principal. Tapa la séquence remise par Scar.

Connexion établie.
Niveau d'accès : Polaris.
Projet : Éclipse.

Elle crut d'abord à une erreur. Ce n'était pas Phénix. Ce n'était même pas une version antérieure.
C'était autre chose.
Plus vaste.
Plus ancien.
Plus inquiétant.

Le projet **Éclipse** avait été lancé en 2008, dans le sillage de la crise financière mondiale. Un programme initié par un groupe de technocrates européens, soutenus par des élites économiques et certains services de renseignement, destiné à "anticiper l'instabilité démocratique croissante par une régulation préventive de la conscience collective."

Un extrait du document fondateur glaça le sang de Léa :

"Si les peuples perdent confiance dans leurs institutions, il devient impératif de guider leur volonté, non plus par le débat, mais par l'ingénierie des récits. Le contrôle du réel passe par la prédiction du langage."

Phénix n'était qu'un laboratoire.
Éclipse était la matrice.

Les fichiers montraient l'ampleur du programme :
– Une cartographie complète des "nœuds narratifs" influents en Europe (médias, réseaux sociaux, leaders d'opinion).
– Un algorithme d'influence prédictive développé en collaboration avec plusieurs entreprises de cybersécurité.
– Des unités de "créateurs de contexte" formés pour insérer des récits dans les débats publics, sans signature.
– Une base de données psychologique des populations les plus sensibles à l'"agitation idéologique".
– Et surtout : **un protocole de bascule**, un scénario de crise simulé pour justifier la mise sous surveillance algorithmique de toute population identifiée comme "potentiellement déviée".

Dans un fichier audio, une voix masculine, calme, déclarait :

"Quand les démocraties deviennent incontrôlables, elles ne sont pas réformées. Elles sont absorbées. Et remodelées depuis leur inconscient collectif."

Léa resta figée. Ce qu'elle lisait dépassait toutes ses craintes. Ce n'était plus une question d'État. Ce n'était plus une question de France.
C'était **un projet européen de contrôle global des perceptions**, qui

avait été avorté en 2016 suite à une fuite dans les milieux diplomatiques.
Officiellement abandonné.
Officieusement… réintégré en partie dans **Phénix**.
Et dans **d'autres projets**, encore actifs en Allemagne, en Espagne, en Pologne, au Luxembourg.
Tous avec des noms anodins : Prisma, Ganymède, Conscience Verte.

Et soudain, Léa comprit.
Ce qu'elle combattait depuis le début n'était pas un projet isolé.
C'était une mentalité. Une stratégie. Une doctrine.
Un choix assumé par des élites désespérées : **préserver le pouvoir par la manipulation douce.**
Non pas par la force. Mais par **le récit.**

Elle copia les fichiers, un à un.
Scella la clé.
Sortit de la salle, tremblante.
Ce qu'elle venait de découvrir, **elle ne pouvait pas encore le publier.**
Pas avant le référendum.
Pas avant que la France ait fait son propre choix, librement.

Mais une chose était désormais certaine :
Phénix n'était que la surface.
Et derrière, dans l'obscurité de l'Europe, **dormait encore un monstre plus vaste.**

Léa regarda le ciel en sortant, une pluie fine tombait sur Paris.
Elle murmura :

— Ce n'est pas fini.
Ce n'est pas encore gagné.
Mais maintenant... **je sais où il se cache.**

Chapitre 50 : Le Serment de Claire

Le silence dans la grande salle du Tribunal International de Genève était d'une densité presque irréelle. Ce jour-là, on attendait la défense d'Élisabeth Marceau, ex-Première Dame, ancienne figure centrale de l'Opération Phénix. Un moment redouté, scruté, médiatisé jusqu'à l'obsession. Car depuis le début du procès, **Claire Dubois** — son vrai nom — avait gardé une retenue quasi mystique. Elle avait répondu aux questions avec calme, reconnu les faits, mais jamais justifié, jamais plaidé.

Et maintenant, **elle avait demandé la parole.**
Non pour se défendre.
Mais **pour dire.**

Elle se leva lentement. Aucun garde ne l'entourait. Aucun avocat à ses côtés. Seule.
Face aux juges.
Face au monde.

Son regard ne cherchait pas la clémence. Il cherchait **la netteté.**

— Je ne suis pas ici pour me sauver, dit-elle d'une voix claire. Je suis ici pour **me délester.** Pour vous remettre ce que je porte depuis trop longtemps. Ce n'est pas une défense. C'est un legs. Celui d'une femme fabriquée pour servir un mensonge... et qui a décidé, trop tard, de le trahir.

Elle fit une pause. Aucun micro n'était nécessaire. Sa voix traversait l'air avec une précision chirurgicale.

— J'ai participé à l'Opération Phénix. J'ai exécuté des ordres, influencé des décisions, transmis des instructions sans même toujours comprendre leur portée.
Mais le plus grave... ce n'était pas ce que j'ai fait.
C'est ce que j'ai laissé faire.
Par confort.
Par peur.
Par fidélité à une puissance qui m'a offert une identité... en échange de mon silence.

Elle marqua un silence. Les caméras restaient figées. Le monde suspendu.

— Je n'ai pas à demander pardon. Je n'en suis pas digne.
Mais j'ai quelque chose à donner.
Un serment.

Elle inspira. Son visage semblait irradié d'une clarté intérieure douloureuse.

— Moi, Claire Dubois, née dans l'oubli, élevée dans la simulation, nourrie par le pouvoir et enfin réveillée par la vérité… je renonce à toute défense. Je ne demande ni atténuation, ni compassion.
Je reconnais l'entièreté de ma faute.
Mais je refuse que l'on réduise cette affaire à un procès personnel.
Ce que j'ai fait **n'est que le reflet d'un système malade.**
Et tant que ce système perdurera, d'autres Claire, d'autres Élisabeth, surgiront.

Elle se tourna alors vers les caméras, vers les millions de regards invisibles.

— À vous, citoyens, peuples, survivants du mensonge :
Ne croyez pas que la chute d'une femme répare tout.
Ce n'est pas moi qu'il faut dissoudre.
Ce sont les structures qui m'ont produite.
Les institutions infiltrées.
Les mécanismes de manipulation.
Les corps intermédiaires gangrenés.
Détruisez ce qui m'a fait reine.
Détruisez ce qui m'a rendue utile.
Et construisez autre chose. Quelque chose où plus jamais une identité ne sera une arme.

Elle se redressa, plus droite que jamais.

— Je suis prête à être jugée. Mais ne me punissez pas seule.
Punissez l'architecture.
Punissez la logique.

Punissez **le système.**
Et libérez ce que vous avez perdu :
la confiance.

Un silence de cathédrale suivit.
Les juges ne bougèrent pas.
Léa, dans le public, sentit ses mains trembler.
Car ces mots...
étaient ceux qu'elle aurait voulu entendre depuis toujours.

Dans les heures qui suivirent, les réactions se multiplièrent.
Certains crièrent à la manipulation.
D'autres à l'héroïsme tardif.
Mais tous comprirent une chose :
Claire Dubois venait de faire exploser le procès.
Non pas en le sabotant.
Mais en le **dépouillant du théâtre.**

Elle avait offert la vérité nue.
Et désormais, **le tribunal ne pouvait plus juger une seule femme.**
Il devait juger une époque.
Une culture.
Un héritage empoisonné.

Le lendemain, des centaines d'universités projetèrent son discours.
Des juristes commencèrent à rédiger des projets de refonte institutionnelle inspirés de ses mots.

Et dans les rues, sur les murs, un graffiti apparut partout en lettres noires :

**"Ne jugez pas Claire.
Jugez ce qui l'a créée."**

Le serment était prononcé.
Et plus rien, désormais, **ne serait jugé comme avant.**

Chapitre 51 : Le Président Tombe

Le ciel était bas, lourd, sans éclat, comme s'il avait absorbé toute la gravité de l'instant. Devant les grilles de l'Élysée, des milliers de personnes s'étaient rassemblées, silencieuses au début, puis de plus en plus nerveuses à mesure que l'heure tournait. Les rumeurs enflaient depuis l'aube : **Julien Marceau allait parler. Peut-être pour la dernière fois. Peut-être pour tenter de rester. Peut-être pour enfin partir.**

À 18h00 précises, les chaînes interrompirent leurs programmes.
Une image apparut : Julien Marceau, seul à son bureau, sans drapeau derrière lui, sans pupitre, sans texte devant lui.
Il portait un costume sombre, froissé, son visage marqué, **ni défait ni combatif — simplement... fatigué.**

Il parla sans emphase. Sans mise en scène.

Sa voix était grave, lente. Chaque mot pesait comme une pierre posée sur la mémoire nationale.

— Françaises, Français,
Je vous parle aujourd'hui non comme chef de l'État, mais comme un homme. Un homme qui a cru bien faire. Un homme qui a, souvent, choisi de se taire quand il fallait parler. Un homme qui a, par peur de détruire l'équilibre, contribué à l'aggraver.

Il fixa la caméra. Il ne fuyait pas.

— J'ai porté la République sans l'entendre. Je l'ai incarnée sans la servir toujours.
Je n'ai pas ordonné l'Opération Phénix. Mais j'en ai connu des fragments. J'ai lu entre les lignes. J'ai soupçonné. Et j'ai préféré détourner les yeux.
Cela, aujourd'hui, je le reconnais devant vous.
Et je vous demande non de me pardonner, mais **de reprendre ce que j'ai échoué à préserver.**

Il inspira. Ferma les yeux une seconde.

— Je quitte mes fonctions, immédiatement.
Non pour fuir.
Mais pour que la République puisse respirer sans moi.
Pour qu'elle puisse, peut-être, renaître sans ce poids que je représente.

Puis, sans formule de fin, sans révérence, il coupa lui-même la diffusion.

Quelques instants plus tard, les grilles de l'Élysée s'ouvrirent.
Julien Marceau en sortit à pied, escorté par deux officiers neutres.
La foule, d'abord figée, explosa en cris.
Certains huèrent.
D'autres restèrent figés, les bras croisés.
Une poignée de citoyens, pourtant, applaudirent faiblement — **non pas pour célébrer un homme, mais pour saluer une fin.**
Une fin pacifique. Une sortie assumée.

Julien ne regarda personne. Il marcha droit jusqu'au véhicule qui l'attendait.
Et derrière lui, **l'Élysée resta debout, mais vide.**

Le soir même, une lettre ouverte circula sur tous les réseaux, signée de sa main.
Lettre à un Peuple que je n'ai pas su entendre.

On y lisait :

"Le pouvoir est une illusion si ceux qu'on représente ne parlent plus. J'ai cru gouverner, mais j'ai seulement géré l'effondrement d'une confiance que je n'ai pas su restaurer.
J'ai accepté des compromis qui n'en étaient pas. J'ai gardé le silence au nom de l'unité, alors qu'il fallait parler au nom du courage.
Ce que je vous laisse, ce n'est pas une institution. C'est un vide. Mais ce vide, vous pouvez en faire un espace. Un commencement. Une page blanche."

"Je n'ai pas été un traître. Mais j'ai été un rouage. Trop docile. Trop prudent. Trop lent.

J'ai appris trop tard que la République ne demande pas qu'on la protège. Elle demande qu'on l'écoute."

Le débat national fut immédiat.

Certains saluèrent **la dignité de sa chute.**

D'autres crièrent à la manipulation, au calcul politique d'un homme qui cherchait à contrôler sa propre sortie.

Mais tous, sans exception, sentirent **le poids historique de ce jour.**

Dans les écoles, on lut sa lettre.

Dans les familles, on se divisa.

Dans les cafés, on en débattit jusqu'à l'aube.

Et partout, une question résonnait :

"Quand le pouvoir tombe, qui le relève ?"

Léa, dans une école transformée en agora populaire, reçut la lettre dans les mains d'une adolescente.

— Il a avoué, dit la jeune fille. Est-ce qu'on peut encore lui faire confiance ?

Léa répondit, les yeux dans les siens :

— Il n'a plus de pouvoir. Mais son aveu, **c'est peut-être un dernier acte utile.**

Non pas pour lui.

Pour nous.

Parce qu'un pouvoir qui tombe peut faire peur.

Mais c'est dans la façon dont il tombe… que l'on découvre **ce que l'on mérite de bâtir ensuite.**

Et cette nuit-là,
la République n'avait plus de président.
Mais elle avait **un peuple debout.**
Et un futur à écrire.

Chapitre 52 : Les Survivants du Phénix

Alors que le pays pansait à peine les plaies du procès, de la démission, et du référendum annoncé, un autre combat, plus silencieux, plus toxique, continuait de se jouer **dans les tréfonds du système.** Car tous les visages du Phénix n'avaient pas été révélés. Tous les agents ne s'étaient pas rendus. Certains s'étaient évaporés avant l'éclatement du scandale. D'autres avaient anticipé la chute, dissimulant leurs traces dans les failles encore actives du vieux monde.

On les appelait désormais **"les Survivants."**
Une poignée d'anciens architectes, stratèges et exécutants de l'Opération Phénix, éparpillés à travers l'Europe, certains en Asie, d'autres infiltrés dans des ONG, des cabinets d'expertise, des start-ups de surveillance algorithmique.
Leur but ?
Rebâtir.
Pas en France — trop brûlée.
Mais ailleurs.

Discrètement.

Un Phénix nouveau, avec un autre nom, un autre vernis, la même âme.

Léa fut alertée par Sofia Reznik, qui avait intercepté une suite d'échanges cryptés entre deux ex-agents en fuite. Les messages évoquaient un point de ralliement, un projet codé **"AUBE-2"**, et surtout, un objectif effrayant : **"Préserver la méthode, changer le territoire."**

— Ils vont exporter Phénix, dit Sofia, le visage durci. Ils attendent que la tempête passe ici. Et ils recommenceront ailleurs. Moins visible. Moins violent. Mais plus efficace.

— Où ? demanda Léa.

— Les données pointent vers trois endroits. Varsovie. Ankara. Kigali. Et un centre financier à Dubaï.

— Ils veulent infiltrer par l'économie, devina Léa. Pas par la politique. Créer des élites alternatives, contrôlées dès l'origine.

Scar, qui travaillait depuis un mois à traquer les serveurs dormants de l'organisation, confirma la fuite de fichiers vers des plateformes de profilage psychologique à visée électorale.

— C'est Phénix version 3.0. Moins militaire. Plus numérique. Plus séduisant.
Moins brutal. Mais plus dangereux.

Alors une décision fut prise. En dehors du Conseil de Transition. En dehors des caméras.

Une dernière mission.
Non pas pour révéler.
Mais pour **éteindre. Définitivement.**

Une petite équipe fut constituée :
— Sofia Reznik, pour la coordination du renseignement.
— Malik Idriss, pour le contact humain dans les zones identifiées.
— Scar, pour infiltrer et détruire les bases numériques.
— Jade, pour sécuriser les preuves.
Et Léa, au centre. Non comme leader. Mais comme **garante morale de la fin de l'histoire.**

— Si on ne les arrête pas maintenant, dit-elle, dans dix ans, ils auront un nouveau nom. Et on recommencera tout. Je ne veux pas un deuxième procès. Je veux **une extinction.**

Leur première cible : **le Cluster d'Innovation Souveraine**, une structure privée établie à Varsovie, financée officiellement par un consortium balte, mais liée à deux comptes offshores déjà mentionnés dans les archives interdites.

Ils y découvrirent des serveurs cryptés, des schémas de recrutement, des protocoles d'activation comportementale.
Et surtout : **une liste.**
Des noms de jeunes étudiants, sélectionnés à leur insu dans plusieurs pays, pour intégrer un "programme d'excellence gouvernementale."

— C'est Phénix.
Mais version soft power, murmura Sofia.

Ils détruisirent les serveurs. Transmirent les preuves à Interpol. L'endroit fut fermé en trois jours.

Mais les Survivants ne se laissèrent pas faire.
À Dubaï, Scar faillit être capturé par un ancien agent de liaison.
À Ankara, Malik échappa de peu à une tentative d'empoisonnement.
À Kigali, un contact local fut exécuté après avoir révélé l'emplacement d'un "Centre d'influence comportementale régionale".

Une guerre secrète.
Une dernière traque.

Et au cœur de cette traque, une révélation :
l'un des membres du Conseil de Transition était un infiltré.
Il avait transmis des éléments de la stratégie de Léa aux survivants.
Son identité fut découverte par Jade. Son arrestation se fit sans bruit.
Mais le choc fut profond.

— Ils étaient parmi nous jusqu'à la fin, souffla Léa.

— Ils le seront toujours, répondit Sofia. Le Phénix n'est pas un programme.
C'est une tentation.
Celle de croire qu'on peut gouverner sans le peuple, en maîtrisant l'humain par la peur ou la séduction.

À la fin de la mission, dans une maison reculée du Tyrol autrichien, l'équipe se retrouva une dernière fois.
Ils avaient détruit dix-sept bases de données, neutralisé cinq agents,

bloqué trois protocoles en cours de lancement.
Mais ils savaient que le combat n'était jamais vraiment terminé.

— Est-ce qu'on a gagné ? demanda Scar.

Léa regarda par la fenêtre. Le silence des montagnes. Le froid mordant. Et l'idée qu'au moins, pour un temps, **le monstre dormait.**

— Non, dit-elle.
Mais **on les a empêchés de renaître.**
Et c'est déjà...
une victoire pour la mémoire.

Chapitre 53 : La Reconstruction

Le calme n'était pas revenu. Il s'était installé lentement, comme un souffle timide après une tempête qui avait duré trop longtemps. Les cris s'étaient tus, les foules s'étaient dispersées, les slogans avaient laissé place à des réunions, des ateliers, des feuilles griffonnées sur des tables de fortune. **Ce n'était pas la paix.** Ce n'était pas non plus l'euphorie. **C'était le commencement.**

Le référendum avait eu lieu.
Et la réponse avait été claire :
Oui à une nouvelle République.
Oui à un texte écrit par le peuple.

Oui à une rupture, non dans la violence, mais dans la conscience.

Et pour la première fois depuis des décennies, **le pouvoir ne descendait plus d'en haut. Il émergeait d'en bas.**

Dans un amphithéâtre de Lyon transformé en hémicycle temporaire, les premiers membres du **Gouvernement Provisoire de Reconstruction** prêtaient serment.

Des professeurs, des ouvriers, des anciens élus désavoués puis réhabilités, des juristes indépendants, des maires de petites communes, des infirmières, des ingénieurs, des artisans.

Aucun costume-cravate obligatoire.

Pas de badges dorés.

Mais des voix. Des parcours. Des convictions.

Et au centre de la salle, un fauteuil restait vide.

Celui que tous avaient symboliquement désigné pour Léa Moreau.

Elle avait refusé.

Sans colère.

Sans distance.

Avec une douceur ferme.

— J'ai fait mon rôle, avait-elle dit.

Pas celui d'un guide.

Celui d'une vigie.

Les membres du Conseil insistèrent.

— Tu es légitime. Tu es attendue.

Elle secoua la tête.

— C'est précisément pour ça que je ne dois pas y aller. Parce que si je rentre dans la structure, je perds ce regard décentré. Et moi, ce que je veux, ce que je dois faire, **c'est continuer à regarder.** Non pas pour contrôler. Mais pour **prévenir.**
Ce que j'ai vu ne peut pas être oublié.
Alors je resterai dehors.
Pas au-dessus.
Pas en retrait.
Juste à la frontière.

Elle envoya une lettre publique, lue à l'ouverture de la première session du Gouvernement Provisoire :

"Je ne serai pas des vôtres physiquement. Mais ma voix, mon travail, ma mémoire seront à vos côtés.
Je ne crois pas que le pouvoir soit mauvais en soi.
Je crois qu'il est fragile.
Et qu'il a besoin de **lumière constante pour ne pas glisser vers l'ombre.**
Soyez cette lumière.
Et ne laissez jamais une autre Léa être nécessaire.
Parce que dans un monde juste,
les journalistes devraient ne jamais être les derniers remparts."

Dans les jours qui suivirent, le Gouvernement Provisoire s'attela à la tâche.
– Un audit complet des institutions fut lancé.
– Une plateforme numérique participative, traduite en 20 langues, fut ouverte pour suivre chaque décision.

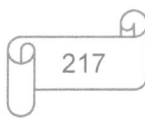

– Des comités de mémoire furent constitués dans les écoles, les hôpitaux, les prisons.
– Le Conseil Constitutionnel fut dissous pour renaître sous un autre nom, issu du vote populaire.
– Et les archives de l'Opération Phénix furent intégrées à un musée national de la Résistance Civile.

Léa, elle, reprit son carnet.
Elle parcourut les villes.
Non pour dénoncer.
Mais pour **écouter.**
Pour comprendre ce qui allait naître.
Pour surveiller les signes d'un pouvoir qui, un jour peut-être, recommencerait à parler sans qu'on lui ait demandé.

Scar créa une plateforme de veille appelée **Sentinelles**, où chaque citoyen pouvait alerter sur les dérives, les censures, les glissements.
Sofia devint l'une des référentes éthiques du nouveau ministère de la transparence.
Jade ouvrit une école de journalisme libre dans un ancien théâtre.
Et Malik devint maire d'un village qu'il avait jadis quitté.

Un matin, Léa écrivit :

"La Reconstruction n'est pas un acte.
C'est une vigilance.
C'est un pacte renouvelé chaque jour, entre ceux qui peuvent et ceux qui espèrent.

*Et tant que j'aurai la voix... je resterai debout,
à la frontière entre le pouvoir et la vérité."*

Et dans les rues, les visages se relevaient.
Les regards se croisaient.
Les mots reprenaient leur place.

La République n'était plus suspendue.
Elle **apprenait à marcher à nouveau.**
Pas droite.
Mais vivante.

Chapitre 54 : Les Révélations Finales

Le livre sortit un matin de septembre, sans grande annonce. Pas de conférence de presse. Pas de bande-annonce tonitruante. Pas de mise en scène spectaculaire. Simplement un titre, imprimé en lettres sobres, sur une couverture grise comme le béton d'un mur sans mémoire :

Le Masque : Anatomie d'une manipulation d'État
Par **Léa Moreau**

Il fut d'abord disponible en version numérique, sur une plateforme libre, sans verrou, sans prix imposé.
En vingt-quatre heures, **il fut téléchargé plus d'un million de fois.**
Puis les éditions imprimées prirent le relais, traduites dans plus de trente

langues.

En quelques semaines, **le livre devint un phénomène. Un choc. Une boussole.**

Mais ce n'était pas un roman.

Pas un témoignage.

C'était une autopsie. Une radiographie chirurgicale du système.

Le livre débutait là où tout avait commencé : un dîner à l'Élysée, des années plus tôt, où Léa, jeune reporter prometteuse, avait croisé le regard de **la Première Dame.** Ce regard, précis, dur, presque inhumain. À l'époque, elle n'avait rien vu.

Mais aujourd'hui, elle savait : **ce regard-là était celui d'une construction.**

Et ce qu'elle avait vécu depuis, ce n'était pas une enquête.

C'était **un démantèlement.**

Page après page, **Léa retraçait l'histoire complète du Masque** :

– La jeunesse volée de Claire Dubois, future Élisabeth Marceau.

– Les origines de l'Opération Phénix, née dans les laboratoires d'un État prêt à tout pour anticiper les crises.

– Le rôle silencieux de Julien Marceau, ni monstre, ni héros.

– Les agents dormants.

– Les infiltrations.

– Les algorithmes d'influence.

– Les survivants.

– Les projets européens secrets.

– La tentative de redémarrage à l'étranger.

– Et l'explosion finale : le procès, la chute du Président, le réveil du peuple.

Mais au-delà des faits, ce qui bouleversa les lecteurs fut le ton.
Pas de rage.
Pas de vengeance.
Un calme glaçant. Une lucidité absolue.

Léa ne jugeait pas.
Elle exposait.
Elle racontait **comment un système devient fou sans même hausser le ton.**
Comment le mensonge se glisse dans les silences.
Comment le pouvoir aime l'ombre.

Et surtout, elle posait **la question que personne ne voulait affronter** :

"Pourquoi avons-nous préféré ne pas voir ?"

Le livre fut lu dans les universités, les hémicycles, les casernes, les salles de rédaction.
Il fut étudié dans des séminaires sur la démocratie, présenté dans des colloques sur l'éthique, inscrit aux programmes de lycées dans plusieurs pays.

Dans les semaines qui suivirent, des dizaines d'États ouvrirent des commissions parlementaires pour **auditer leurs propres structures de renseignement et de communication.**
Des journalistes reprirent ses méthodes d'investigation pour déterrer leurs propres "Phénix locaux".

Des lanceurs d'alerte retrouvèrent le courage de parler.
Et des milliers de citoyens, jusque-là passifs, **reprirent la parole.**

Mais plus que tout, **Le Masque** changea quelque chose de fondamental dans la culture mondiale :
il imposa un nouveau regard sur la manipulation.
Plus sournoise que les dictatures.
Plus insidieuse que la censure.
La manipulation douce.
La gouvernance par consentement fabriqué.
La fabrique des récits.

Dans les derniers chapitres, Léa posait sa plume, non pour conclure, mais pour transmettre :

"Je ne suis pas une héroïne. J'ai suivi un fil, et j'ai eu la chance de ne pas mourir avant la fin du nœud.
Mais ce livre, ce n'est pas un testament.
C'est une alarme.
À vous maintenant d'écouter.
Et surtout… de veiller."

Elle termina par une phrase, simple, gravée sur la dernière page :

"Le Masque est tombé.
Mais l'ombre attend toujours qu'on baisse les yeux."

Le monde, désormais, savait.
Et Léa, sans projecteur, sans fonction officielle, reprit son sac, son carnet, et reprit la route.

Non pour écrire un autre livre.

Mais pour **empêcher que celui-ci ne devienne une relique.**

Car une vérité, si on ne la défend pas,
redevient un mensonge.

Chapitre 55 : Le Prix de la Vérité

Léa s'éveilla dans une chambre sans fenêtre, éclairée par une lumière artificielle à intensité douce. Le plafond était bas, le silence épais. Une ancienne base militaire reconvertie en résidence sécurisée. Trois portes blindées, quatre agents discrets, un système de surveillance silencieux. **Son nouveau quotidien.**

Depuis la sortie de *Le Masque*, le monde l'appelait « la voix qui a fait tomber le pouvoir ». Les plateaux télé, les sommets citoyens, les colloques universitaires ne cessaient de réclamer sa présence. Mais Léa refusait. Elle n'avait pas choisi ce rôle pour la gloire. Et surtout, elle ne pouvait pas l'exercer sans payer **le prix.**

Un prix qu'elle connaissait désormais **par cœur.**

Son téléphone sécurisé vibra. Elle reconnut la tonalité : celle d'un appel extérieur exceptionnellement autorisé. Elle décrocha, le cœur déjà serré.

— C'est moi, murmura Sofia Reznik.

— Tu es en sécurité ? demanda Léa.

— Oui. Mais Malik a été transféré. L'un des survivants de Phénix a tenté de le piéger à Lisbonne. Il a reçu deux balles dans la jambe. Il est vivant, mais ils voulaient qu'il parle… ou qu'il disparaisse.

Léa ferma les yeux. Une douleur sourde au creux du ventre.

— Et Jade ? souffla-t-elle.

Un silence.

— Elle est stable. Mais l'explosion a endommagé sa main droite. Elle ne pourra plus enseigner comme avant.

Léa sentit sa gorge se nouer. Une main posée sur sa bouche. Pas pour pleurer. **Pour tenir.**

Ils savaient que cela arriverait. Que faire tomber un empire invisible **avait un coût visible.**

Depuis des mois, les représailles n'avaient jamais cessé.
D'abord voilées. Puis frontales.
– Des lettres anonymes.
– Des drones piratés autour de sa cachette.
– Un journaliste complice retrouvé mort dans un hôtel de Berlin.
– Le frère de Léa agressé en pleine rue à Dakar.
– Et deux membres du réseau des Sentinelles disparus à Kiev et Rabat.

Chaque jour, elle s'éloignait un peu plus du monde réel.
Pas par peur.
Par instinct de protection.

— Tu n'aurais pas dû tout dire, lui avait dit un ancien conseiller de l'Élysée. Tu as tiré un fil que le monde n'était pas prêt à voir tomber.

Elle avait répondu calmement :

— Alors peut-être qu'il était temps qu'il tombe.
Même si je tombe avec.

Elle passait désormais ses journées à écrire, à trier, à coder des archives complémentaires, à répondre à des messages de citoyens anonymes, à conseiller des journalistes.
Elle écrivait chaque nuit dans un carnet personnel, non publié, non numérisé.

Un fragment disait :

"J'ai perdu des amis. J'ai perdu mon nom dans certains milieux.
J'ai perdu la confiance tranquille de ceux qui n'aiment pas qu'on dérange la façade.
Mais ce que j'ai gagné vaut plus que tout :
J'ai vu la vérité passer.
Et elle ne m'a pas traversée en vain."

Une fois par semaine, elle autorisait une promenade de vingt minutes sur le toit sécurisé de son abri. Ce jour-là, elle leva les yeux vers le ciel, gris, paisible.

Un garde lui demanda :

— Ça en valait la peine ?

Elle mit quelques secondes à répondre.

— Pas pour moi.
Mais pour les autres, oui.
Parce que maintenant, les gens savent que **ça peut arriver. Que l'État peut mentir. Que la démocratie peut être défigurée.**
Et surtout : qu'on peut la reprendre.
Même si ça fait mal.
Même si ça coûte.

Elle s'approcha du bord, regarda au loin.

— La vérité ne rend pas heureuse.
Elle rend **lucide.**
Et la lucidité, ça ne sauve pas...
Mais ça empêche de redevenir esclave.

Le soir, elle écrivit une phrase sur la dernière page de son carnet :

"Le prix de la vérité est élevé.
Mais le prix du silence...
est une vie entière à genoux."

Puis elle referma le carnet.
Et se remit au travail.
Dans l'ombre.

Sous protection.
Debout.

Chapitre 56 : Claire Dubois, une dernière fois

Dans un chalet discret au pied des montagnes basques, à l'écart des radars, des caméras et des regards, **Claire Dubois** vécut ce qu'elle appelait désormais « ses jours retrouvés ». Pas de nom de code. Pas de rendez-vous à heure fixe. Pas de maquilleuse. Pas d'équipe de sécurité. Pas même de téléphone.

Une table en bois, un lit étroit, une bibliothèque de fortune, et un potager improvisé.
Elle, enfin seule. Enfin nue de son passé.
Celle que le monde avait connue sous le nom d'Élisabeth Marceau avait disparu des journaux, des documents officiels, des discours politiques. Mais elle était toujours là.
Claire. Rien d'autre.

Et ce matin-là, elle prit une feuille, un stylo, et écrivit.
Pas pour l'Histoire.
Pour Léa.

Léa,

Si cette lettre te parvient, c'est que ceux qui me protègent ont estimé que les risques étaient moindres. Mais tu sais aussi bien que moi que nous vivons sous condition, toujours.

Je ne t'écris pas pour rouvrir le passé. Je ne cherche ni ta compassion, ni ta validation. Ce que je veux, c'est simplement te parler. Une dernière fois. De femme à femme. D'ombre à lumière.

Je vis cachée. Certains diraient recluse. Mais je ne me sens pas emprisonnée.
Tu sais pourquoi ?
Parce que pour la première fois de ma vie, je respire sans devoir incarner quoi que ce soit.

Je ne suis plus un masque. Je ne suis plus un rôle. Je ne suis plus un récit écrit par d'autres.
Je suis Claire. Celle qu'on a volée. Celle que j'ai moi-même oubliée pendant des années.

Les premières semaines ici ont été les plus dures. Le silence me faisait peur. Je sursautais à chaque craquement de bois. Je cherchais des caméras dans les coins du plafond.
Et puis... peu à peu, le vide est devenu un refuge. Et le monde a cessé de m'exiger.

Je jardine. Je lis. J'écris parfois, mais sans penser à la publication. Juste pour ranger ma tête.
Je me couche tôt. J'écoute le vent. Je laisse le soleil me parler.

Et tu sais ce que j'ai compris ?
Que le pouvoir n'est pas qu'un piège.
C'est une drogue.
Et qu'on ne s'en libère pas en l'abandonnant.
Mais en apprenant à ne plus avoir besoin qu'il nous regarde.

Tu as fait ce que je n'ai jamais osé faire, Léa. Tu as disloqué la structure. Tu l'as payée cher. Et je suis désolée pour tous ceux que cela a blessés. Mais sans toi, je serais morte en reine sans visage. Tu m'as ramenée à moi, même dans la chute.

Alors merci.
Pas pour ton pardon.
Mais pour ta lucidité.
Merci de ne pas avoir reculé.

Je ne réapparaîtrai plus.
Mon dernier mot public a été dit au tribunal.
Ce que je suis désormais n'a plus à se montrer.
Mais il fallait que je te dise :

Je suis libre.
Enfin.
Et ça, aucun costume, aucun discours, aucun pouvoir ne me l'avait jamais donné.

Claire.

Léa reçut la lettre un soir d'octobre. Glissée dans un paquet de livres sans titre, sans expéditeur.

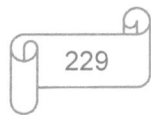

Elle reconnut l'écriture, fine, inclinée.
Elle lut une fois.
Puis une deuxième.
Puis elle la rangea dans une boîte, qu'elle posa à côté de son carnet noir.

Elle ne répondit pas.
Il n'y avait rien à ajouter.
La lettre n'était pas une ouverture.
C'était une fermeture douce.
Une main tendue, non pour s'excuser, mais pour saluer.

Et dans ce geste-là, Léa vit **la seule rédemption possible.**
La plus rare.
La plus puissante.
Celle de quelqu'un qui renonce à être vu... pour enfin être soi.

Claire Dubois n'existait plus dans les fichiers.
Mais dans ce chalet perdu, loin du monde,
une femme libre écrivait encore.
Sans spectateurs.
Sans titres.
Sans chaînes.

Chapitre 57 : Le Dernier Entretien

Le plateau était sobre. Pas de décor ostentatoire. Pas de drapeaux, pas de musique d'introduction. Juste une table, deux chaises, deux verres d'eau, et une lumière douce.

La chaîne internationale **World News Horizon**, connue pour ses entretiens au long cours avec les grandes figures de l'Histoire en devenir, avait attendu des mois pour décrocher cette entrevue.

Léa Moreau avait dit non.

Puis peut-être.

Puis, finalement, **oui**.

Pas pour l'image.

Pas pour la postérité.

Pour conclure.

Elle apparut à l'écran dans une tenue simple — un pull anthracite, un pantalon noir, les cheveux attachés, sans maquillage.

Pas une héroïne.

Pas une icône.

Une femme fatiguée, mais droite.

L'intervieweuse, une journaliste brésilienne renommée pour sa retenue et sa rigueur, ne perdit pas de temps.

— Léa Moreau, pourquoi avoir accepté cette interview, après tous vos refus ?

— Parce qu'il faut savoir quand parler. Et surtout... **quand se taire.** J'ai beaucoup dit. Énormément écrit. Et je sens que ce moment, ce soir, est peut-être **le dernier où ma voix peut encore être utile.**

— Alors parlons de votre voix. Comment avez-vous tenu ? Dans l'ombre, la peur, la solitude, les menaces ?

Léa sourit faiblement.

— Je n'ai pas tenu. Pas tous les jours.
J'ai pleuré. J'ai douté. J'ai détesté ce que je faisais. J'ai pensé à fuir. À abandonner.
Mais à chaque fois, quelque chose revenait.
Pas le courage.
Le souvenir.
Le souvenir de ceux qui n'avaient pas le choix de baisser les bras.
Et de ceux qui, dans l'histoire, **ont tout perdu pour que d'autres puissent choisir.**

— Le prix a été élevé. Trop, diront certains.

— Il l'a été. J'ai perdu des amis. J'ai blessé des gens. Je vis sous protection.
Mais j'ai toujours su que ce que je cherchais n'était pas une victoire.
C'était une lumière.
Et on n'approche jamais une lumière sans se brûler un peu.

— Avez-vous eu peur de devenir ce que vous dénonciez ?

— Tout le temps.
C'est ça, le piège : quand on révèle un système, **on peut être tenté de**

devenir son contraire absolu — et donc, un autre extrême.
La frontière est fine entre justice et vengeance.
Entre vérité et croisade.
J'ai essayé de rester sur la ligne. J'ai échoué parfois. J'ai été excessive.
Mais j'ai été sincère.

— Vous êtes aujourd'hui considérée comme l'une des voix fondatrices de la Nouvelle République. Que souhaitez-vous pour elle ?

Léa hésita. Puis répondit, lentement :

— Qu'elle **ne m'écoute pas trop.**
Je ne veux pas être un monument.
Je veux qu'on m'oublie, mais **pas ce qu'on a vécu.**
Je veux une République **fragile mais consciente**. Une République qui accepte ses failles, qui écoute ses marges, qui ne cherche pas à être parfaite mais juste… humaine.
Et surtout, **je veux qu'elle sache se remettre en question, même au sommet.**

— Vous pensez que c'est possible ?

— Je pense que c'est nécessaire. Donc, possible.
Et je pense qu'il faut des citoyens **plus forts que les institutions qu'ils créent.**
C'est là que tout commence.

— Avez-vous un regret ?

Léa resta silencieuse. Puis hocha doucement la tête.

— J'ai laissé des gens derrière. J'ai parfois été dure. Fermée.

J'ai oublié, dans ma rage de comprendre, que **les êtres humains ne sont pas que des rouages ou des victimes. Ils sont aussi des doutes, des faiblesses, des silences.**

Et j'aurais aimé être plus tendre, parfois.

— Et aujourd'hui ? Que va faire Léa Moreau ?

— Marcher. Écouter. Lire.

Je vais peut-être écrire encore. Mais **pour moi.**

Je vais me taire un peu.

Parce qu'on n'a pas toujours besoin d'être au centre pour exister.

— Une dernière phrase pour celles et ceux qui vous regardent ?

Elle fixa la caméra. Ses yeux brillaient, mais ne vacillaient pas.

— Ne croyez jamais que la vérité est confortable.

Elle est rude. Elle coûte cher.

Mais c'est le seul terrain solide sur lequel construire **quelque chose de durable.**

Et si un jour vous sentez que tout s'effondre autour de vous,

alors cherchez une lumière simple.

Un regard.

Une question.

Un doute.

Parce que parfois, il suffit **d'une faille pour que l'ombre recule.**

L'interview se termina sans musique. Sans générique.
Léa se leva, remercia la journaliste, puis sortit du champ, sans un mot de plus.

Le monde, ce soir-là, **s'arrêta quelques secondes.**
Puis reprit.

Mais quelque chose avait changé.

Le silence de Léa, désormais, **valait plus que mille discours.**

Chapitre 58 : La Mémoire des Justes

Le ciel était d'un bleu profond, sans nuage, comme s'il voulait offrir au monde un moment de clarté absolue. Le vent soufflait doucement sur la grande esplanade du parc de Vincennes, transformée en lieu de recueillement pour **l'inauguration du Mémorial des Justes de la Vérité.**

Ils étaient venus de partout : familles, anciens résistants de l'Opération Phénix, membres du Conseil de Transition, journalistes, survivants, anonymes.
Et parmi eux, **les noms de ceux qui ne viendraient plus.**
Jade, qui avait perdu l'usage de sa main mais pas de sa voix.
Malik, en fauteuil, fier malgré les cicatrices.
Scar, disparu sans laisser de trace après avoir désactivé les derniers

serveurs fantômes.

Et tant d'autres, tombés dans l'ombre pour que le monde puisse ouvrir les yeux.

Le monument était simple.

Un mur d'ardoise noire, courbé comme une voile, sur lequel étaient gravés **les prénoms et initiales** des femmes et des hommes qui avaient œuvré pour faire tomber le mensonge.

Aucune photo.

Aucun drapeau.

Juste la phrase : "Ils ont dit non, quand tout poussait à se taire."

Au centre de la scène, **Léa Moreau**, vêtue de noir, s'avança vers le pupitre.

Aucun micro.

Sa voix portait, naturellement, doucement.

— Je ne suis pas ici en tant qu'héroïne.

Je suis ici **en tant que témoin.**

Elle se tourna vers le mur.

— Derrière chaque nom inscrit ici, il n'y a pas une figure. Il y a **un acte. Une décision. Un instant où quelqu'un a choisi de résister.**

Pas pour la gloire.

Pas pour la mémoire.

Mais **par devoir silencieux.**

Elle se tourna vers l'assemblée.

— Beaucoup n'étaient pas faits pour la lumière. Ils n'ont jamais levé le poing. Jamais crié.

Mais ils ont veillé.

Ils ont parlé quand les mots étaient dangereux.

Ils ont protégé, transmis, refusé.

Et c'est pour eux que ce monument existe.

Pas pour honorer la grandeur.

Mais pour protéger la mémoire.

Un frisson parcourut la foule. Certains baissèrent la tête. D'autres pleuraient en silence.

Léa reprit :

— Le système que nous avons renversé ne tenait pas par la force.

Il tenait par l'indifférence.

Par l'habitude.

Par le confort du silence.

Et ces femmes, ces hommes, **ont rompu ce pacte.**

Ils ont risqué leur emploi, leur vie, leur famille, pour que vous, aujourd'hui, puissiez vivre **dans un monde un peu plus vrai.**

Elle marqua une pause. Puis :

— On les a appelés des traîtres.

Des agitateurs.

Des extrémistes.

Mais aujourd'hui, ici, nous les appelons **les Justes.**

Pas parce qu'ils étaient parfaits.

Mais parce qu'ils ont fait **le choix juste, au moment où cela comptait.**

Son regard se posa sur la foule.

— Ce mémorial n'est pas une fin. Ce n'est pas une pierre pour refermer le livre.

C'est un **miroir**.

Il vous regarde.

Il vous demande :

Et vous ? Que ferez-vous quand le mensonge reviendra ?

Elle baissa les yeux.

— Parce qu'il reviendra.

Sous un autre nom.

Avec un autre masque.

Et alors, souvenez-vous de ces noms.

Pas pour les glorifier.

Mais pour vous rappeler que la vérité a toujours un prix.

Et que ce prix n'est jamais payé à moitié.

Un silence. Puis un tonnerre d'applaudissements.

Pas bruyants.

Pas hystériques.

Sincères. Profonds. Durables.

Ce jour-là, dans les rues, dans les écoles, dans les cafés, une question simple résonna, comme une onde :

"**Serons-nous dignes de leur mémoire ?**"

Et peut-être que la République, cette fois,

venait de graver son nouveau cœur dans la pierre...

parce qu'elle avait appris à écouter ceux qu'elle avait trop souvent oubliés.

Chapitre 59 : Une République Réinventée

Il était un peu plus de dix heures du matin quand les résultats furent proclamés.
Le vote avait été massif, sans précédent dans l'histoire du pays.
Près de **quatre-vingt-trois pour cent** de participation, un chiffre que personne n'avait osé espérer.
Et la réponse... sans équivoque.

74,8 % de "oui"
Oui à une nouvelle Constitution.
Oui à une République repensée.
Oui à un système qui ne se contentait plus de représenter, mais **d'écouter, d'impliquer, de respecter.**
Ce jour-là, **la France ne changea pas de visage.**
Elle changea d'âme.

La place du Panthéon, à Paris, avait été choisie pour symboliser la transition. Non pas comme un hommage figé à des morts glorieux, mais comme un pont vivant entre les mémoires anciennes et les rêves nouveaux.

Un podium avait été installé, sobre, sans faste. Les membres du Gouvernement Provisoire étaient alignés sur les côtés.
Mais au centre, **aucun président. Aucun roi. Aucune figure unique.**
Car la nouvelle République n'avait plus de centre imposé.
Elle avait un socle : le peuple.

Le texte de la Constitution avait été rédigé collectivement, amendé par plus d'un million de propositions, relu, discuté, débattu dans chaque commune, chaque école, chaque prison, chaque syndicat.
Et maintenant, il devenait **loi vivante.**

Les articles clés furent lus à voix haute par des citoyens venus des quatre coins du pays.
Une lycéenne de Limoges lut l'article 1 :

"La République est participative, écologique, et garante de l'intégrité de l'information publique."

Un agriculteur de la Drôme lut l'article 12 :

"Tout citoyen peut convoquer une Assemblée Populaire locale en cas de dérive institutionnelle."

Une infirmière de Seine-Saint-Denis lut l'article 20 :

"Les médias de service public sont indépendants, sous contrôle citoyen."

Et un ancien détenu lut l'article 5, d'une voix ferme :

"Le pouvoir est un mandat, jamais un privilège."

Partout dans le pays, les écrans retransmettaient la cérémonie.
Pas un show.
Un acte fondateur.

Dans les cafés, on se levait.
Dans les écoles, on applaudissait.
Dans les villages, on pleurait parfois.
Pas de joie explosive.
Mais **un soulagement. Une respiration.**

L'ancien monde était officiellement enterré.

Léa, présente mais silencieuse, observait depuis l'ombre d'un arbre.
Elle n'était pas montée sur scène. Elle n'avait prononcé aucun discours.
Elle avait tenu sa promesse : **être une vigie, pas une élue.**

À ses côtés, Sofia murmurait :

— Tu te rends compte ?
Ce n'est pas la victoire d'une génération.
C'est **la résurrection d'un peuple.**

Léa acquiesça doucement.

— Ce n'est plus une République qu'on nous a donnée.
C'est **une République que nous avons créée.**
En tremblant. En tombant. En saignant.
Mais debout.

Le soir venu, une grande fresque lumineuse fut projetée sur les murs du Sénat, désormais transformé en **Conseil Citoyen de Garantie**

Constitutionnelle.
On y vit les visages anonymes de ceux qui avaient permis cette refonte.
Pas des statues.
Des gens. Des voix. Des regards.

Puis un texte s'inscrivit, simple, sans emphase :

"Nous avons repris la parole.
Nous n'attendrons plus d'être consultés pour exister.
La République ne parle plus pour nous.
Elle parle avec nous.*"*

Et dans ce silence-là,
celui d'un pays qui choisit la reconstruction sans la vengeance,
la République réinventée prit son premier souffle.

Chapitre 60 : L'Héritage du Masque

Paris s'était apaisée.

Les barricades avaient disparu, les sirènes s'étaient tues, les drones ne vrombissaient plus dans le ciel. Les vitrines brisées avaient été remplacées, les murs nettoyés, les places réinvesties par des enfants, des rires, des marchés. **Une ville cicatrisée.** Pas guérie, non. Mais **debout.**

Léa marchait seule sur les pavés de la rive gauche, les mains dans les poches de son manteau noir. Pas de micro. Pas de caméra. Pas de destination précise.

Juste une flânerie.

Un adieu.

Elle passa devant l'ancienne rédaction du journal *La Vérité*, devenu coopérative d'investigation.

Elle sourit.

Elle repensa à Sofia, à Jade, à Scar.

À Malik.

À Claire.

Claire.

Elle s'arrêta. L'air était frais. Le vent portait une odeur de châtaignes grillées.

Elle leva les yeux vers un immeuble banal, à l'angle d'une ruelle.

Là, jadis, elle avait suivi un agent dormant. Là, elle avait entendu des mots qui lui avaient fait comprendre que **tout ce qu'elle savait était faux.**

Et que la vérité ne serait pas une lumière... mais **une brûlure.**

Claire Dubois.

Élisabeth Marceau.

La femme aux deux visages.

Celle qui avait tant détruit, puis tant donné.

Léa repensa à sa dernière lettre.

À ses mots simples.

À cette phrase restée gravée en elle :

"Je suis libre. Enfin. Et ça, aucun pouvoir ne me l'avait jamais offert."

C'était cela, l'héritage du Masque.

Pas une victoire.

Pas une rédemption.

Mais **une lucidité. Une clarté douloureuse.**

Le masque était tombé.

Mais ce qu'il révélait n'était pas un monstre.

C'était nous.

Léa longea les quais. Elle passa devant la nouvelle Assemblée Citoyenne, installée dans l'ancien Palais Bourbon.

Elle vit des gens entrer, débattre, voter.

Pas des experts.

Des citoyens.

Elle sourit.

Une larme coula sans bruit.

Non de tristesse.

Mais de fatigue.

D'apaisement.

Puis elle sortit un carnet de sa poche. Le dernier. Relié en cuir. Aucun titre.

Elle y inscrivit une seule phrase :

"La vérité triomphe rarement sans dommages.
Mais quand elle respire, elle donne au monde un souffle neuf."

Dans le ciel, les cloches sonnèrent midi.

Léa ferma les yeux. Écouta.

Et elle sut que c'était fini.
Pas l'Histoire.
Pas les luttes.
Pas les ombres.

Mais son rôle à elle.
Sa quête.

Elle reprit sa marche.

Paris continuait.
Le monde aussi.
Et quelque part, un autre mensonge grandissait déjà.
Un autre masque prenait forme.
Car l'Histoire recommence toujours ailleurs.
Et demain, une autre Léa, dans un autre pays, suivra un autre fil.

Mais ce jour-là, sous le ciel clair de Paris,
la vérité avait un visage.
Et elle marchait.
Libre.
Seule.
Et invincible.

Épilogue

Ils croyaient que l'Histoire s'oublierait.
Que la poussière couvrirait les noms, que le silence finirait par noyer les cris.
Que les archives dormiraient, que les livres s'éteindraient, que les cendres deviendraient décor.

Mais ils avaient oublié une chose.
La mémoire ne disparaît jamais.
Elle attend.

Dans une voix.
Dans une ligne.
Dans un doute transmis d'une génération à l'autre.

Le Masque était tombé.
Mais **le vrai héritage**, ce n'était pas la chute d'un système.
C'était **la conscience qu'il peut toujours renaître.**
Sous d'autres formes.
Sous d'autres noms.
Sous d'autres promesses.

Et c'est là que tout commence.

Dans un geste.
Un refus.
Un regard qui dit non, calmement.
Une main qui tient un stylo.
Une bouche qui ose une vérité, même tremblante.

Le courage n'est pas spectaculaire.
Il est quotidien.
Invisible.
Mais contagieux.

Ce récit n'est pas une fin.
C'est **un signal.**
Une alarme douce.
Un rappel à celles et ceux qui viendront après :

"Il y aura toujours un masque.
Et toujours quelqu'un pour le faire tomber."

À condition d'écouter.
De veiller.
Et de croire, encore, malgré tout,
que la vérité vaut plus que la peur.